CROSS NOVELS

推しはα

推しはアルファ

2 新婚旅行は妖怪の里

Oshi ha Alpha

夜光 花

NOVEL Hana Yakou

みずかねりょう

ILLUST Ryou Mizukane

CROSS NOVELS

CONTENTS

CROSS NOVELS

推しはα《アルファ》

2 新婚旅行は妖怪の里

◆1　推しは健在

どこからか赤ちゃんの泣き声がする。

お腹が減ったのだろうか。おむつを替えてほしいのだろうか。それとも怖い夢でも見たのだろうか。

人見佑真《ひとみゆうま》はうつらうつらとしながら、のんきにそう考えた。夢の中で佑真は電車に乗っていて、同じ車内にいた母親らしき人が、必死に子どもをあやしていた。焦らなくていいですよ。赤ちゃんは泣くのが仕事なんだから。微笑みながら佑真が話しかけようとした時、泣いていた赤ちゃんがじっと佑真を見つめてきた。

（あれ、この子、見覚えが……）

ぼんやり思ったその瞬間、佑真はがばっと布団をはね除けて起き上がった。すぐ横には生後三カ月の赤ちゃんが顔を真っ赤にして泣いている。六畳の部屋の中は、クローゼットと小さいテーブルだけだ。部屋の中央に布団を敷き、赤ちゃんを寝かしつけながら、自分も一緒に寝ていたのだと思い出した。

「俺の子じゃん！」

思わず突っ込みを口にして、慌てて佑真は赤ちゃんのおむつの匂いを嗅《か》いだ。特に臭くもないし、湿ってもいない。とするとミルクが欲しいのだろうか？　しかし、ミルクは寝る前にあげたばかりだ。

「はいはいはいはいはい！　分かってますよ！」

泣きやまない赤ちゃんに話しかけ、赤ちゃんがくるまっていた毛布ごと抱きかかえる。赤ちゃんは単にぐずっていただけのようで、佑真が抱き上げて揺らすと、泣きやんだ。

（あー。ぜんぜん慣れなーい！　自分の子だって実感ナッシング！）

腕の中にいる赤ちゃんをあやしながら部屋の中を歩き回り、佑真は渇いた笑いを漏らした。

白いすべすべな頬につぶらな瞳、柔らかく細い髪、生後三カ月で確実に将来はイケメン間違いなしと分かるほど愛らしい顔――これが自分の腹の中にいたとは、未だに信じられない。何かの間違いか、自分の妄想ではないかと今でも思う。

「佑真、大丈夫？　颯馬《そうま》、起きちゃった？」

颯馬をあやしていると、ドアがノックされ、紺色の作務衣《さむえ》姿の人見蓮《れん》が顔を出した。とたんに佑真は表情を崩し、うっとりと見蕩《みと》れた。蓮は佑真の番《つがい》相手であり、夫であり、佑真の推しメンだ。見る人をハッとさせるほど整った顔立ちに、見つめられると蕩《とろ》ける瞳、均整のとれた身体つきで、身長は高く、隣に並ぶと脚が長いのがよく分かる。きわめつきに蓮は第二の性別が優秀の代名詞アルファだ。それを裏づけるように運動神経はいいし、国立大学を卒業している。これまでたいていのものは苦もなくこなせてきた選ばれし人間だ。

「大丈夫だよ。そっちまで声、聞こえちゃった？」

佑真は廊下のほうを気にして、小声で聞く。

佑真が寝ていた部屋は、厨房《ちゆうぼう》の近くにある職員専用の部屋だ。ここは『七星荘《ななほしそう》』という旅館業を営んでいる。今日は一組の客が泊まっていて、蓮や、蓮の姉である都《みやこ》が対応している。職員用の部屋は客室と離れているが、赤子の泣き声はけっこう遠くまで響くので心配だ。

「いや、今日の客は耳が悪いから気にしないでいいよ。っていうか、耳……どこなんだろ」

遠い目つきで蓮が呟く。寝る前にチラリと見た客の姿を思い出し、佑真は苦笑した。確かに虚《こ》無《む》僧《そう》みたいに藁《わら》で編んだ籠《かご》を頭から被り、顔がどこだかも分からない謎の妖怪だった。

——ふつうの人には言えないが、この旅館は妖怪専門宿だ。

毎回見たことのない不気味な姿のものや、動物の頭に人の身体をしたものとか、果てはスライムとか大きい蛸《たこ》とか、ともかく訳の分からない物体がやってくる。さすがに一年もここにいると慣れてきたが、今でも目を疑うことが多々ある。アニメの妖怪は可愛いものが多いが、リアルで見ると、けっこうえぐい。

「しばらく暇だから、俺が面倒見るよ。佑真は寝てて。疲れただろ？」

蓮が微笑みながら佑真の手から赤ちゃんを受け取る。すっかり父親顔で我が子を抱きしめる姿は、佑真にはとてもまぶしいものだ。自分のようなモブキャラが天使のように可愛い子を抱いていると、いかにもよそんちの子を抱いているっぽいのに、蓮みたいな美しい男が天使を抱いていると美形の遺伝子をものすごく感じる。

（蓮は父親の実感ありありなんだよなぁ……。何で産んだ俺が実感ないんだろ）

不思議に思いつつ、赤ちゃん——颯馬の目元をガーゼで拭く蓮を見つめる。イケメンが将来イケメンになりそうな子どもを抱いている姿は、これ以上ないほど萌える。推しと推しのダブルアタックで、佑真は飯が三杯食える。気づいたらスマホで写真を撮っていて、また珠玉の一枚を生み出してしまった。

「ちょっと散歩してくるね」

蓮は颯馬を抱っこ紐で抱え、にこやかに部屋を出ていった。

颯馬は紛うかたなき佑真と蓮の子どもだ。信じられないことに、天使のように可愛い颯馬は、自分の腹にいた。目鼻立ちが整っていて、ぷにぷにした柔らかいほっぺたをして、見る人すべてを魅了する颯馬は、蓮にすごく似ている。アルファである蓮と、後天的オメガの佑真が結婚した経緯はとても変わっていた。

佑真は生まれた時からずっと平凡に生きてきた。初対面で顔を覚えてもらうのが困難なほど凡《ぼん》庸《よう》な顔立ち、頭は悪くないがよくもない、スポーツをやらせれば何でもほどほど、高校も大学も二流の学校を卒業し、第二の性はごまんといるベータだった。何をさせても平均値しか叩き出せない佑真のことを、友人はよく「ふつうの権化《ごんげ》」と評する。二十七年の人生の中、めちゃくちゃ不幸になったこともなく、奇跡のような幸せを手にしたこともない。

そんな佑真だったが、就職先だけは大手旅行会社に潜り込めた。もともと旅行が好きで、面接で熱く語った姿が面接官の目に留まったらしい。そこに勤めたことで、蓮というイケメンと出会った。といっても、佑真は最初覚えていなかったが、蓮とは小学校が一緒だったらしく、向こうから気さくに声をかけてきた。

佑真は美形が好きだ。自分が平凡な顔なのもあって、一般人でも芸能人でも顔が綺麗な人に憧れる。そんな佑真にとって蓮は天から舞い降りてきた奇跡、会社で会えるアイドルだった。好きな人は遠くから愛でていたい佑真だったが、蓮にプロポーズされ、人生が一変した。蓮はすべてにおいて秀でていたが、実家が妖怪専門旅館という特殊な環境で育ったので、嘘をつく人の顔が黒く見えるという困った能力を持っていた。そのせいでほとんどの人の顔が薄汚れて見えるそうで、どういうわけかキラキラ光って見える佑真に目がいったらしい。

佑真は嘘《うそ》をつけない性格だ。そのせいで社交辞令も言えないし、相手の悪い点もズバズバ言ってしまう。この性格のせいで何度も人と衝突し、会社でもしょっちゅう上司から叱られていた。そんな佑真にとって唯一のオアシスが蓮の顔を拝むことだったのだが、蓮は会社を辞めて実家に戻ると言いだした。プロポーズを受ける気はなかったのだが、蓮と離れ難くて、佑真は意を決して高知《こうち》の山奥にあるこの『七星荘』にやってきた。佑真は料理が好きなので、これを機に、『七星荘』

の厨房で働いて調理師免許を取るつもりだった。蓮は佑真への熱い思いを伝えてきて、佑真もまたそんな蓮に惹かれていった。その矢先、女将《おかみ》の企みで佑真はオメガになった。

最初は無理矢理性別を変えられて、立腹したし、絶望した。けれど蓮の愛が本物だと分かり、またお腹に赤ちゃんがいると知って、佑真も覚悟を決めた。蓮のプロポーズを受けて、アルファの蓮と番になったのだ。そして、今はこの旅館で一緒に働いている。

（俺の人生、大きく転換したよなぁ……）

改めてこの場にいる自分に違和感を抱き、佑真は布団に横たわった。ここのところ睡眠不足なので、今のうちに眠らせてもらおう。そう思ったが、寝る前に例のものを観返そうと、タンスの中に隠してある箱を取り出した。

箱を開けると、数冊の写真集が出てくる。すべて自分で作ったものだ。

「はぁー。めっちゃ癒《い》やされるぅ、控えめに言って最高」

写真集をめくり、目をハートにして見蕩れる。写真集に載っているのはすべて蓮だ。以前から撮り溜めておいたものや、誕生日の際に写真を撮らせてくれとねだったものを、それぞれ一冊の写真集にした。それを時々こっそり開くのが至福の時間だ。

「そろそろ三冊目の写真集作ろうかな……。颯馬の写真も溜まってきたしな……。男神と天使というタイトルで蓮と颯馬の写真集作りたいな。はー。眼福。何で蓮ってこんな、かっこいいの？　前世で徳でも積んだ？　本人、嫌がるけど、ちょっとセクシー路線でも一冊作ってみたいなぁ。

蓮の腹筋割れてるとこ、他の人に見せびらかしたい。ああ、この思いを誰かと共有できたらなぁ」

自分の作った写真集をニヤニヤしながら眺め、佑真はため息をこぼした。佑真は蓮を人類史上最高の美貌《びぼう》と思っているが、それを蓮の母親や姉に言っても、「そう……だね」としか返ってこないのが不満だ。都に至っては「ふつーでしょ」と冷たい。生まれた時から美形に囲まれていると、美形の有り難さが分からないらしい。誰かと蓮のかっこよさ、素晴らしさを語り合いたいのに、それができないなんて。

（何でこの美貌を分かってくれないんだろ？　やっぱりこんな山奥にいるからだな。実家へ帰った時にでも、妹と語り合うか……）

見た目も平凡な佑真の実家鈴木《すずき》家は、家族全員、平凡を絵に描いたような集まりだ。にまにまと布団に横たわって写真集を眺めていると、いきなりがらりとドアが開いた。

「佑真、颯馬のおしゃぶり……」

忘れ物をした蓮が部屋に入ってきて、はたと立ち止まる。佑真はびくっとして写真集を手に固まった。すかさず写真集を布団の中に突っ込んだが、それより早く蓮に覗き込まれた。

「佑真！　何今の！　本⁉　え、俺の写真だったよね⁉　何で！」

素人でも写真を製本できると知らない蓮は、パニックになったように佑真を揺さぶる。佑真は軽く舌打ちして、蓮から目を背けた。蓮には知られたくなかった。自己愛があまりない蓮は、こういうのを嫌がるのだ。

「今すぐ出しなさい！　隠したものを、早く!!」

蓮が目を吊り上げて、布団を引っ張る。抵抗したが、向こうの力のほうが強くて、布団をめくられる。蓮の目が佑真の胸に抱かれている写真集に釘付けになる。

「あー、ごめん。蓮の写真集作っちゃった」

仕方なく佑真は二冊の写真集を蓮に見せた。顔面蒼白になって、蓮が震える。

「写真集とか意味が分からないんだけど！　俺の写真、見てるだけで満足してくれてたんじゃないの⁉　本にするとか聞いてない！　いや、そういえば写真集にしたいなって言ってたような？　あれマジだったの⁉」

佑真の手から写真集を奪い取り、蓮がわななく。ひそかに自分の写真で本を作られたのがショックだったらしい。

「いいじゃないか、こんなに美しいんだから。俺のちょっとした趣味だよ。見てくれ、この木立の中にスーツで佇《たたず》むお前の美しい姿を。こっちの寝起きのお前の写真は、きゅんとくるだろう？　斜め四十五度の角度から撮ると、お前は神的美しさを放つよな。お前がアイドルだったら、絶対に俺がマネージャーやるのに。これを宣材にしてどこかのプロダクションに持ち込まない俺の理性を褒めてくれ」

「何言ってるか分からないよ！　タイトル『美貌の人』って！」

蓮が今にも写真集を破きそうになる。慌てて写真集を箱にしまい、佑真は必死にガードした。

保存用を実家に隠しているが、これを破られたら泣いてしまう。

「これを業者に持ち込んだの⁉　何かこそこそ見てるなと思ってたら、こんなのだったの⁉　いっそAVとかのほうがマシだった！」

頭を抱えて蓮が怒鳴りだす。とたんに颯馬が火がついたように泣き始め、ハッとして慌てて口を閉じる。

「何言ってんだ。俺はお前を称えたいだけなのに。颯馬、泣く必要ないぞ。俺の蓮への愛情は本物だからな」

泣いている颯馬に言い聞かせるように佑真は言った。颯馬の潤んだ目が喧嘩じゃないの？　と言っている。

「歪んでるよ！」

顔を赤くした蓮に突っ込まれ、佑真は腕を組んだ。

「蓮、パートナーの性癖くらい許してくれよ。俺はお前をいろんな形で愛でたいだけなんだよ。恋人の写真をスマホで眺めるのはよくあることだろう？　何故、印刷したらそんなに怒るんだ？　俺の趣味も理解してくれ。妥協こそ、長く続く秘訣だと思うんだ」

笑顔で押し切ろうと佑真は満面の笑みで蓮を説得した。蓮は呆れ返ったようにあんぐり口を開けている。

「肖像権の侵害……じゃないの？」

美貌の

丸め込まれそうになるのを厭《いと》ってか、蓮が睨みつけてくる。

「個人での楽しみだから！　誰にも見せないから許して！」

蓮に抱きついて、熱意を込めて訴える。ぎゅうっとすがりつくと、さすがの蓮も赤い顔で逡《しゅん》巡《じゅん》した。他の誰でもない自分の写真を愛でているのだから、蓮だって嫌じゃないはずだ。

「……絶対、誰にも見せないでね？　身内にも駄目だよ！　俺が許可したと思われたら、本当に憤死する」

苦しそうに蓮が言い、佑真はぱぁっと顔を輝かせた。

「もちろんです！」

これで今後は隠さずに堂々と写真集を見られると、佑真は大きな喜びに包まれた。


颯馬という赤ちゃんが自分の子どもだという実感も薄いが、人見蓮という男が自分のパートナーというのが、佑真は未だに実感が湧《わ》かない。

蓮にはその美貌によく似合う、美しい女性か、もしくは美しい男のオメガとくっついてほしかった。それが何の因果か、蓮は佑真を見初めてしまった。最初の出会いは小学生の頃、家庭の事情で父親と二人暮らしをしていた蓮が横浜《よこはま》にある並鷹《なみたか》小学校に転入してきた。その頃はまだ佑真は今ほど美形好きではなかったので、蓮のことはうっすら覚えている程度だった。

それから成長して佑真が旅行会社で働いていた時、蓮が途中入社してきた。

蓮を見た瞬間、佑真は全身に電撃を浴びたようになった。完璧な美貌、漫画のような八頭身、さわやかで清潔な態度、おまけに仕事も有能だ。蓮を知るにつれ、佑真はその魅力にのめり込み、いわゆる『推し』として愛でるようになった。

結婚して、毎日その顔を見ても、飽きるどころか未だに慣れないくらいだ。佑真にとって蓮は完璧な推しだ。どんなだらしない格好をしていても可愛く見えるし、格好がよいところは神に愛されし殿上人《てんじょうびと》と思うし、この気持ちが冷める日が来るとは到底思えない。

結婚して、佑真は蓮の子を産んだ。

八百万《やおよろず》の神々に「どうか蓮に似た子を！」と祈りまくったおかげか、生まれてきたのは蓮によく似た美しい男の子で、颯馬と名付けた。

（まぁ、ある意味、子育て楽だよな……）

年が明けて二月の半ばである今、佑真は『七星荘』で働きながら、蓮と子育てをしている。女将も蓮の姉である都も育児に協力的なので、佑真の出番は少ない。何しろ百パーセントミルクで育てているし、蓮が子ども好きというのもあって、おむつもお風呂も何でも率先してやってくれるのだ。佑真は週六日勤務で、宿の料理を担当している御年八十一歳の岡山《おかやま》という老人の手伝いをしている。調理師免許を取るためには飲食店で二年以上働かなければならないので、佑真は旅館の厨房で働きつつ、いずれ受験資格が得られたら調理師免許を取るつもりだ。

妖怪相手とはいえ、料理は人間に出すものとあまり変わりない。佑真は岡山に頼まれ、もっぱら甘味を請け負っている。何故か佑真の作る甘味は妖怪に評判がいいらしく、予約の際にリクエストされることも増えてきた。

異常な状況だが、ストレスもないし、今のところ問題はない。颯馬がやたら泣く子なので、睡眠不足なだけだ。

「今夜は余った具材で鍋にしたよ」

その日の三時頃には宿の客が帰り、夕食はバックヤードで従業員全員が鍋を囲んだ。調理担当の岡山は白髪を五分刈りにして杖をついた老人だ。ふだんはカクカクした動きで、今にも天に召されそうだが、料理をしている時だけは杖なしで動ける謎の人だ。テーブルの真ん中に設置した鍋を掻き混ぜ、鍋奉行として仕切っている。

「はぁー。今日の客はいまいち感情が読めなくて疲れたわ。颯馬を抱っこさせておくれ。ほーら、ばぁばだよー」

女将は蓮の手から颯馬を奪い取り、蕩けそうな顔であやしている。女将は孫ができてから、ずいぶん変わった。女将は五十代後半で、柿色《かきいろ》の着物をまとい、髪を綺麗に結っている。以前は気の強い、自分がルールみたいな傲慢《ごうまん》な人だったのだが、孫の可愛らしさにノックアウトされ、今ではただの孫にメロメロのおばあちゃんだ。どんな無理難題も、孫を間に挟むと了解してくれる。

「母さん、ずるい。私もだっこしたい！　あーこのもちもちお肌、最高。癒やされるわぁ」

都は蓮の六つ上の姉で現在三十三歳の女性だ。都は朱色の着物姿で、この宿では男性は紺色の作務衣、女性は朱色の着物が制服になっている。岡山だけは白いコックコートだ。この一家は全員美形で、都も例に漏れず美しい。とはいえ人混みに行くと倒れてしまうという厄介な体質のせいで、出会いがなく未だに独身だ。

「水炊きか。美味しそう」

隣に座っていた蓮が佑真の分を取り分けてお皿を手渡してくる。礼を言って受け取り、汁を啜《すす》った。肉の出汁《だし》が出て、いい味だ。

バックヤードは従業員が食事する大きなテーブルと木製の椅子、書類やファイルが置かれたキャビネットや棚、ロッカーがある。まだ寒いのでストーブが焚《た》かれていて、ヤカンから湯気が湧き出ている。『七星荘』は従業員の住居も兼ねているので、奥にリビングがあるのだが、このバックヤードでご飯を食べるのが慣例になっている。

夕食の水炊きを食べながら、仕事の話や颯馬が可愛いという話をしていると、蓮が思い出したように口を開いた。

「ところで百日参《ももかまい》りなんだけど」

蓮がちらりと佑真を見たので、葱《ねぎ》を咀嚼《そしやく》しながら頷いた。

「お食《く》い初《ぞ》めも兼ねて、佑真の実家に行こうかなと思うんだ。ほら、ずっと颯馬がこっちにいるだろ？　行事の時くらい、佑真の実家へ颯馬を連れていきたいなって」

女将と都に確認をとるように蓮が言った。蓮とあらかじめ話し合って決めたことだ。佑真がこっちにいる以上、実家の親たちはなかなか孫に会えずにいる。佑真の妊娠中に一度だけ家族総出でこの宿へ泊まりに来てくれたのだが、あまりにも田舎、高知空港から車でスムーズに行っても四時間半はかかる過疎地に、さすがの親も懲《こ》りたらしく、その後一度も来ていない。それを見かねて、蓮から言いだしてくれたのだ。せめて行事の時くらい、佑真の実家に顔を見せようと。自分の親の心配までしてくれる優しい蓮に胸を熱くし、佑真も賛成した。

佑真の家では毎年ご祈禱している神社がある。できたらそこへ颯馬を連れていきたい。

「何だって……っ、お食い初めに百日参り……？　ずるい、アタシも行く！」

反対はしないだろうと踏んでいたが、女将の反応はさらに上をいった。

「えー、私も行きたいけどぉ……」

都は横浜が都会と思い、躊躇《ちゅうちょ》している。横浜といっても、佑真の住む辺りはそれほど栄えているわけではないのだが。

「母さんも行くの？　それじゃホテル取る？」

蓮は母親が行きたいと言いだすとは思わなかったのか、面食らっている。孫を溺愛する女将は、大切な行事に自分も参加したいのだろう。

「俺の家もそんな大きくないからなぁ」

佑真の実家は一戸建てだが、部屋数も少ないし、人数が増えるならどこか近くのホテルを取るのがいいだろう。

「――都さんも行くなら、大和《やまと》さんも誘う？」

何気なく佑真が言ったとたん、しんと場が静まり返った。女将が目を丸くし、隣にいる都の顔が真っ赤になり、岡山が目を見開いている。

大和というのは配達でよく来る若者だ。現在二十八歳で頭を金髪に染めたいかにも元ヤンキーみたいな風貌をしている。その大和と都はつき合っている――というのは公然の話だと思っていたのだが。

「え、都、どういう？　まさか、あのいかにもチャラそうなのと、つき合ってんじゃないだろうね⁉」

察しのいい女将が目を吊り上げて都に問い質す。どうやらつき合っているのは内緒の話だったようで、都は真っ赤になってそっぽを向いた。女将の膝に乗っていた颯馬がぐずりだし、女将は怒鳴ろうとした言葉を呑《の》み込んだ。

「アンガーマネジメントですね。六秒待つといいって言いますしね」

怒鳴るのを耐えた女将に佑真が言うと、それがイラッとしたのか、女将がテーブルをバシッと叩く。

「いくら出会いがないからって、近場ですませすぎだろ！　アタシャ、あんなちゃらちゃらした子、嫌だよ！　あと佑真はうるさい！　アタシは横文字が嫌いなんだよ！」

女将は耐えきれなかったのか、大声を上げた。自分にまで火の粉が飛んできた。颯馬は今にも泣きだしそうなむずがゆい顔をしている。

「チャラくないもん、意外と真面目なんだからぁ！」

「はん！　どこがだよ！　あいつは大嘘つきのチンピラだよ！」

「何も知らないくせに、大和君を悪く言わないで！」

女将と都が言い合いになり、佑真はうっかり口を滑らせたことを後悔した。

「すみません、もう二人の関係を知っているのかと。っていうか、岡山さん……？」

女将もショックを受けているが、それ以上に岡山が愕然《がくぜん》としている。

「あんなチャラ男に都ちゃんが……？　し、信じたくない……」

岡山も大和が気に食わないらしい。確かに見た目は元ヤンキーだが、いい人なのに。

「大和さん、嫌われてるなぁ」

蓮にこそこそ話しかけると、面白そうに親子喧嘩を眺めながら蓮が笑った。

「俺も好きじゃないよ。佑真とべたべたするし」

笑顔で言われ、佑真はぞくりとして身を引いた。蓮はとても嫉妬《しっと》深い男で、佑真が別の男と親しく話しているとすぐ不機嫌になる。前は我慢していたというが、年月が増すごとに嫉妬心が強くなってきた。

「何よ！　母さんが早く結婚しろ、結婚しろってうるさかったんでしょ！　だから私だってがんばったのに、何よ、何よ！」

「うぐ、ぐ、それは……っ、結婚はしてほしいけど、もっといい相手と……っ！　そもそもあの子は下界の子だろ⁉　あっちじゃうちが何て言われてるか分かってんのかい⁉　狐憑《きつねつ》きとか、お化け屋敷とか、呪われた家だの、散々言われてお前だって泣いてたじゃないか！」

　女将は佑真に颯馬を押しつけ、テーブルを叩いて怒鳴っている。とうとう颯馬が泣きだしたので、蓮が代わりに抱き上げ、外へ連れていった。颯馬は本当に感受性が強いというか、場の空気に敏感だ。それにしてもひどい言われようだ。下界って、山の麓《ふもと》に住んでいる人たちのことだろうか。まぁ妖怪専門宿なんてやっているくらいだから、お化け屋敷と言われても仕方ないかも。

「大和君、誤解してたって言ってたもん！　私のこと、ふつうだって言ってくれたし！」

「誤解じゃないだろ！　あのチャラ男に、この宿のこと言えんのかい⁉」

「そ、それは……っ」

　女将と都の喧嘩がヒートアップして、互いに立ち上がって睨み合う状態になった。佑真は都が大和にとっくに宿のことを話していると思っていたので、都の表情からそれがまだだと初めて知った。

（まぁ、言いづらいか。俺も最初信じられなかったしなぁ）

　一般人に妖怪の話をしても失笑されるか、頭の心配をされるかだろう。都もせっかくできた彼氏を手放したくないだろうし、話すタイミングを見計らっているのかもしれない。

（大和さん、都さんとの関係、真剣なんだけどなぁ）

大和とは配達の関係でよく話すので、都に関する相談にも乗っていた。見た目はチャラいが、都のことは真剣なようだった。まだ半年のつき合いで結婚などと言いだしたら重いですかね、と聞いてきたくらいなのだ。ここは一つ、将来の義兄となるべき人を守らねばと佑真は決意した。

「あのー」

二人の一触即発という空気を緩和すべく、頃合いを見計らって声をかけた。

「とりあえずまだ結婚とまではいってないみたいなんで、女将さんは彼の人柄を見極めるってのはどうでしょうか？　大和さん、仕事もちゃんとしてるし、根は真面目でいい子だと思いますけど」

佑真がなだめるように言うと、女将が眉根を寄せて大きなため息をこぼした。

「あの子は駄目だよ。あの子はたくさん嘘をついてきた。顔見りゃ、分かるんだから」

女将が椅子に座り直し、低い声で言う。その時初めて、女将が反対する理由が分かった。女将と蓮は天邪鬼《あまのじやく》に嘘つきと嘘つきじゃない人を見分ける力を授けられた。だから、女将の目には大和がこれまでついてきたたくさんの嘘の数々が見えるのだ。蓮が大和を嫌いなのも、嫉妬心だけの問題ではないのかもしれない。

「大和君は、そんな人じゃない！　お母さんの馬鹿！」

都は目を潤ませて、怒鳴り返す。そのままきびすを返し、食事の途中なのに行ってしまった。

（ああ、何という修羅場に……っ、俺のうっかりで！）

職場でもこういうミスは何度もあったが、ここでもやるとは思わなかった。後で都には謝らなければならない。

颯馬の機嫌を直した蓮が戻ってきて、場の重たい空気に顔を引《ひ》き攣《つ》らせた。女将は無言で食事を終え、無言でバックヤードを去っていく。

「せっかく美味しい水炊きが台無しになってすみません」

佑真は鍋の締めに白飯を入れ、岡山に謝った。岡山は都と大和に反対の様子だったが、泣いている都を見て考えを変えたようだ。

「都ちゃん、大丈夫かねぇ」

岡山は心配そうに都が出ていったドアを見つめる。

「蓮、大和さんって大嘘つきなのか？」

佑真は気になって蓮に問うた。

「そうだね。顔、黒いしね。彼とは同じ中学校だったけど、悪いグループとつるんでたみたいだし、俺はあんまりいい印象持ってないかなぁ」

蓮はあっさりと認め、鍋に溶いた卵を流し込む。一つ上なので、蓮は大和の素行が悪かった時期を知っているようだ。都の恋は前途多難らしい。

「颯馬も食べたいの？　お食い初めまで待っててね」

雑炊に興味を示す颯馬に微笑みかけ、蓮は佑真の実家にいつ行こうかと話している。この調子だと都はお留守番かもしれない。それはそれで大和とデートできるのでいいだろう。

横浜行きが楽しい旅行になりますようにと願いつつ、佑真は締めの雑炊をかっ込んだ。


佑真の両親の賛成もあり、二月末の吉日に颯馬の百日参りとお食い初めを一緒にすることにした。

結局、同行するのは女将だけになった。あれ以来、都と女将の仲は最悪で、ほとんどしゃべっていないようだ。心配して配達に来た大和に、事情を説明すると、責任を感じたようで落ち込んでしまった。

「はぁ……そうすか……。やっぱ、嫌がられたか」

トラックに積んだ段ボール箱を下ろしつつ、大和がキャップを深く被る。毎週火曜日の十時に大和は頼んだ野菜と旬の野菜を揃えて売りに来てくれる。今日は黒い帽子に龍《りゅう》の刺繍《ししゅう》のスカジャン、破れたジーンズという格好だ。正直言って、見た目だけでいえば、都とはぜんぜん合わない。都は着物か長いスカートといういわゆるお嬢様っぽい感じの服装が多くて、趣味が合うとは思えないからだ。

「女将さんは、下界の子はここを悪く言ってて嫌みたいだよ」

頼んだ食材をチェックしつつ、佑真は伝えた。

「まぁ、そっすね……。今でもやっぱ、時々こえーって思うとこあるし……。つか、大事な話があるってラインきたんすけど、これ、やばやばな感じすか？」

大和は気もそぞろで都の姿を探している。別れを切り出されたらどうしようと暗い表情だ。

「大和さん、俺は君と兄弟になりたい。……そろそろ彼女に切り出した？」

大和を元気づけるべく、佑真はがしっと大和の肩を掴んだ。大和は何を言われているか理解できなかったらしく、ぽかんと佑真を見返した。その顔がうっすら赤くなり、もじもじとキャップを弄《いじ》る。

「や、あのー。オキモチは嬉しいっすけど……、自分、彼女とまだキスしかしてなくて……。結婚とか言いだせる雰囲気じゃないっす……」

もごもごと大和が言い、佑真は笑顔のまま固まった。

二人は中学生ですか？　いや、今時の中学生はもっと進んでいる。小学生レベルではないか。

「え……。いかにも陽キャみたいな顔して何言ってんの？　結婚とか言うから、すでにいろいろすませてると思うだろ……？」

二人がキス止まりだったとはつゆ知らず、佑真は白目を剝きそうになった。キスだけで結婚を意識できるなんて、すごい純愛だ。

「若い時からさんざん遊んできましたって面《つら》しといて、まさかの純情派とか漫画ですか？　うちの地元なら元ヤンといえば、手のつけられない感じだよ。そんな小学生みたいなおつき合いをしてたなんて……。半年かけて何してたの？」

「横浜とか都会に住んでた奴の自慢ならいいっす。俺、確かに元ヤンっすけど、そういうのはちゃんと手順を踏むタイプっす！　そもそも俺、ビッチ系は苦手っすし……。都さん、大切にしたいと思ってるし……」

大和の純情を聞かされ、佑真は深く反省した。大和は自分の見た目とは裏腹に、お嬢様タイプが好きなのか。

「そ、そう……。とりあえず、俺たちこの日の前後はいないから、傷心の都さんを慰めてあげて」

大和に出払う期間を教えておいて、上手くやれよと励ました。

購入した野菜の段ボール箱を厨房に運んでいると、暗い表情の都とすれ違う。大和が待っていると声をかけたが、返事がない。

（大丈夫かなぁ）

二人の身を案じつつも、佑真は仕事に勤しんだ。今日は夜遅くに宿泊客が団体でやってくるので、そのための料理の仕込みをすませなければならない。颯馬の面倒は蓮が見てくれている。体力のある蓮がいつも颯馬を抱っこして仕事をしているので、佑真は楽なものだ。

厨房は調理器具が並んだ棚と、業務用の冷蔵庫や冷凍庫、調理台が置かれている。食器棚には旅館らしくたくさんの種類の皿が重ねられている。佑真がこの宿に初めて来た時は虫が湧くほど恐ろしい汚さだったが、今では改善されて清潔になった。

「それにしても数が多いですね」

林檎《りんご》を薄く切りながら、佑真は岡山に話しかけた。岡山は大きさのある牛肉を成形している。五十個分の夕食と甘味が今日の佑真と岡山に課せられた仕事だ。五十名来るということだろうか？　この宿はそれなりの大きさはあるが、五十名泊められる大旅館ではない。そもそも二階の宴会場に五十名入るのだろうか？

「ああー。何か、大きさはそんなにないって女将が言ってたよ」

岡山は思い出したように言う。なるほど、小粒な妖怪なのだなと納得し、佑真は大量の蜂蜜《はちみつ》を林檎に垂らした。妖怪にはさまざまな体型のものがいるらしく、日々の仕事は楽な日と大変な日がまちまちだ。一日一組の客しか泊めないこの宿は、妖怪にとってとてもよい効能のある湯治場《とうじば》だそうだ。

『おやつちょうだい』

仕事中にとことこと近づいてきたのは、七、八歳くらいの赤い着物姿の女の子で、佑真たちは『わー子』と呼んでいる。おかっぱ頭のくりっとした目つきの子で、実は座敷童《ざしきわらし》だそうだ。佑真の作る甘味が大好きで、常に佑真の傍《そば》にいつくようになった。たまに実家に帰省すると一緒についてくるのだが、この子がいないと温泉が止まるので、女将からは丁重に扱ってくれと頼まれている。

「ちょっと待ってて」

佑真は冷蔵庫から昨夜作っておいたプリンを取り出し、蜂蜜をかけた林檎とブルーベリー、苺《いちご》を載せて、さらにホイップクリームを絞り出した。

「はい、なんちゃってプリンアラモード」

ガラスの器に整えて出すと、座敷童が喜んで部屋の隅で食べ始めた。プリンは安定の人気作だ。座敷童だけでなく、人見家全員が喜ぶ。

「座敷童がいるのかい？　いいなぁ、私も見たい」

岡山は長年ここに勤めているのに、妖怪も霊的なものも一切見たことがないそうだ。怖いのは嫌だが、座敷童といえば繁栄の象徴なので拝んでみたいらしい。

「佑真、ちょっと颯馬をいい？」

一段落ついた時点で、蓮がやってきて、背中におぶっていた颯馬を手渡してきた。颯馬は蓮から離れる時泣き始め、佑真が抱っこ紐で胸に抱えると泣きやんだ。

「颯馬って繊細だよなぁ」

人肌の温もりが消えるとすぐ泣く颯馬を案じ、佑真はしみじみ言った。顔は間違いなく美形だが、こんなに心が弱い子では将来が心配だ。

「しょうがないよ。子どもだからここが幽玄の境って分かってるんじゃない？」

蓮は愛しげに颯馬の頭を撫《な》でている。

「そういえば昨夜は、離れのこと言えなかったね」

思い出したように蓮が言い、ふうと肩を落とす。

そうなのだ、実は百日参りのこととは別に、女将さんや都に話したいことがあった。颯馬も生まれたことだし、旅館内で暮らすには手狭なので、離れに家を建てたいと思っているのだ。何しろ今は蓮の部屋と自分が割り当てられた従業員の部屋を行き来している状態だ。幸いというべきか、人見家は土地持ちでこの辺りの山一帯が所有する敷地らしい。土地は余っているのだし、将来のことも見据えて、旅館の近くに家を建てたい。

「帰省した時でも話してみるか？　要するに女将さんの了解があればいいんだろ？」

土地の名義は蓮の父親が亡くなっているので女将さんにあるはずだ。宿のすぐ近くに建てたいので、反対はされないと思うが……。

「そうだね。折を見て話してみよう」

蓮も頷いて仕事に戻っていった。颯馬は蓮がいなくなると少しぐずりだしたが、揺らしているうちに眠りについた。暮らしはおおむね順調だが、小さな問題が少しずつ山積みになっている気がする。先々について思いを馳《は》せ、佑真は甘味作りに励んだ。

◆2　使者来る

二月の末日、佑真たちは横浜の地に降り立った。

同行している女将は紺のグラデーションの着物に金色の帯をして、隣に立つ蓮はスーツ姿でビシッと決めている。佑真も一応スーツを着ているが、美形の親子の前ではジャージにしか見えない。やはりスーツ姿の蓮は美しい。スマホで連写してしまうのを許してほしい。

「待ってたわぁ」

久しぶりに実家のドアを叩くと、家族総出で玄関まで出迎えに来てくれた。痩せた身体に猫背の父とふくよかな体型の母、大学生の妹、どの顔を見ても良くも悪くもなく印象の薄い顔立ちだ。我が家は平凡という遺伝子を受け継いでいる。

「颯馬くーん、ばぁばよぉ。大きくなったわねぇ」

母は荷物を下ろす佑真の手から颯馬を奪い取り、嬉しそうに抱っこしている。父もでれでれの表情で颯馬に話しかけ、ご満悦だ。

「遠いところをご苦労様です。飛行機は疲れたでしょう」

父は女将に笑顔で話しかけ、お茶を運んでくる。妹は蓮に「久しぶり、元気だった？」と話しかけられ、真っ赤な顔で「イケメンパワーすごっ」とはしゃいでいる。

旅行用のスーツケースを置いて一息つくと、両親が頼んでいたお寿司の出前がやってきて、颯馬を囲んでお食い初めの行事を執り行った。小さな颯馬の手足の形を色紙にとったり、豪勢な食事を前に写真を撮ったり、和気藹々《わきあいあい》といい雰囲気だ。百日参りは明日することになっていて、今夜は蓮と女将さんは近くのホテルに泊まり、佑真だけ颯馬と一緒に実家に残ることにした。本当は蓮にも泊まってもらうつもりだったのだが、女将さん一人でホテル泊というのも可哀そうなので気を遣った。

「颯馬は泣き虫ねー」

蓮と女将さんが夕食の後にホテルに移動すると、颯馬は例のごとく泣き始めた。機内で泣き始めた時も絶望したが、やはり場の空気に敏感な子なのかもしれない。父と母に交互に抱かれているうちに泣きやんだが、この子を強くするにはどうすればいいのだろう。

「向こうではどうなの？　姑さんとは仲良くやっているようだけど……私もまさかお前が嫁の立場になると思ってなかったからねぇ」

颯馬を座布団の上に寝かせながら、母が心配そうに聞く。リビングで久しぶりに家族水入らずになり、懐かしいこたつに入った。『七星荘』にはこたつがない。女将さんの部屋にはあるらしいが、まさかこたつに入るためだけに行くわけにもいかない。

「特に問題はないかな。俺より、蓮のお姉さんの問題が勃発しちゃって、空気悪いかも」

佑真はテーブルの上にあった籠から蜜柑《みかん》をとった。

「蓮兄さんのお姉さんってあの美人さんでしょ？　何があったの？」

妹が興味津々といった様子で聞いてくる。年下の男との結婚を反対されていると話すと、それは許してあげないと、と家族の意見が一致した。さすがに蓮の家が妖怪旅館で畏《おそ》れられているという話はできなかった。そもそもうちの家族は妖怪ものに免疫がない。心霊特集とかも興味ないし、怖い映画も漫画も誰も見ない。そんな彼らに妖怪専門宿などと言っても到底信じないだろう。

（ここにいるんですけどねー）

蜜柑を剝きながら、佑真はさりげなく横にちょこんと座っている座敷童に一房あげた。座敷童は佑真からもらった蜜柑を受け取り、美味しそうにもぐもぐしている。時々颯馬が座敷童のほうを見るので、どうやらこの子には分かっているようだ。

「それにしても美形だなぁ。将来はイケメン確定だな」

父は颯馬に向かっていないいないばぁをひたすらやっている。子どもの笑い声を聞きつつ、佑真は大きくあくびをした。

翌日、蓮と女将さんと合流して、車で寒川《さむかわ》神社へ百日参りに行った。父の車に乗れる人数は大人五人が限界なので、妹は留守番だ。

寒川神社は相模國一之宮《さがみのくにいちのみや》で、千六百年の歴史を持つ八方除《はっぽうよ》けの神社だ。佑真たちも小さい頃から折々の節にはここへお参りに来ている。新年が明けた一月などは毎回祈禱する人の数が多くて大変だが、二月末日というのもあって、それほど待つことなく祈禱を受けられた。家から近いところに別の神社もあるのだが、一之宮で大きくて気のいいこの神社が佑真は好きだ。

鳥居を潜り参道を進むと、佑真たちは右側の客殿から建物の中に入った。手続きをすませ、二階にある待合室で順番を待ち、アナウンスで呼び出され本殿に向かった。ご祈禱を受ける人は白い上掛けを羽織って本殿の椅子に座る。しばらくすると抹茶色の狩衣《かりぎぬ》を着た神主が現れ、ご祈禱を始めた。

「颯馬、ご機嫌だね」

颯馬を膝に抱いていた蓮が微笑んで言う。泣き虫な颯馬がご祈禱の最中に泣き出さないか心配だったが、何が楽しいのかキャッキャと笑っている。

「そういやお前って妖怪を小さい頃から視《み》てるんだし、神様とかも視えるのか？」

ふと気になって佑真が聞くと、蓮が苦笑する。

「いや、俺そういうのはぜんぜん。何となく分かる……くらいかな」

「何だ、そうなのか」

がっかりして佑真は前を向いた。神様とか視えるなら直接願い事でも言えるのかと思ったのに。かくいう自分も、あれだけ妖怪を視てきたのだから何か視えないだろうかと目を凝らしてみたが、まったく分からなかった。

「あれ、座敷童もいないな」

佑真にくっついてきた座敷童だが、神社に入った頃から消えてしまった。もしかしたら座敷童は妖怪枠なので、神社に入れないのだろうか？

祈禱が終わり、晴れ晴れとした気持ちでお札やお供物を受け取り、佑真たちは境内に下りた。今日のために一眼レフカメラを持ってきたので、颯馬を抱っこしている蓮をたくさん撮った。颯馬はレースつきの可愛らしい衣装を着ているので、本当に天使そのものだ。スーツの蓮に抱かれた姿は、ピエタを彷彿《ほうふつ》とさせる。引き伸ばしてパネルにしたいと呟いたら、蓮が青ざめて「やったら破壊する」とぼそっと囁《ささや》いてきた。

「そうだ、おみくじ引こうよ」

授与所にあるおみくじが目に入り、佑真は笑顔で言った。蓮も頷いて、財布を取り出す。女将さんと父と母は祈禱の最中に泣かなかった颯馬をえらいえらいと褒めている。佑真はお金を入れて、適当に摑んだくじを開いた。

「えっ！　凶!?」

佑真は思わず大声を上げた。まさかの凶。物心ついた頃からずっとここでおみくじを引いているが、一度たりとも出たことがない凶。入っていないとさえ思っていた凶。

「あらやだ、珍しいわね」

佑真がおみくじを握りしめて固まっていると、母が目を丸くしている。

「えっ、俺も⁉」

呆然としていた佑真の耳に、困惑した蓮の声が届いた。振り向くと、蓮もおみくじを握って驚いている。覗き込んだ佑真は同じ『凶』の文字に顔を引き攣らせた。もちろん中身はぜんぜん違うが、パートナーも凶を引くなんて。

「おいおい、大丈夫か？　何かやばいことでも起きるのか」

父も佑真と蓮のおみくじが凶で、不安そうにしている。ないと思っていた凶が、立て続けに出るなんて。

「万事、慎重に事を運ぶべし……、来客に注意……」

蓮がおみくじを読み上げて、しょげている。

「ま、まぁ、気をつけろという神の思し召しかも……」

佑真は無理に笑顔を作り、いそいそとおみくじを結び所に結んでおいた。蓮も浮かない顔つきで結んでいる。

「嫌な予感がするなぁ……」

蓮の呟きが聞こえてきて、何となく不安になってきた。帰りの飛行機は大丈夫だろうか。

このまま家族と過ごしていたかったが、飛行機の便があるので、佑真たちは父の運転で羽田《はねだ》へ向かった。颯馬がいるため車で空港まで送ってもらえるのは本当に助かる。父は課長職が大変だそうで、毎日胃が痛い思いをしているそうだ。女将さんが「リタイアしたらいつでもうちで雇いますよ」と愛想よく言いだしたので、飲んでいたジュースを噴き出しそうになった。

三時頃には空港に着き、最後に全員で食事をすませると、佑真たちは父母と別れた。父も母も、颯馬としばらく会えないので悲しそうだ。もっと近くに住んでいたら、頻繁に会わせてあげられるのだが。

帰りの飛行機は佑真の嫌いなエアポケットに入ることもなく、順調に高知龍馬空港《こうちりょうまくうこう》に到着した。颯馬はずっと寝ていたので、他の客に迷惑をかけることもなかった。おみくじが『凶』で心配したが、客室乗務員も親切だったし、空港で赤ちゃんにどうぞとおもちゃまでもらったし、いいことのほうが多かった。

「運転、疲れたら代わるから言って」

空港駐車場に停めておいた蓮の所有する4WDに乗り込み、颯馬をベビーシートに座らせシートベルトを装着すると、佑真は助手席に回り蓮を気遣って言った。

「うん、大丈夫」

運転席に座った蓮が腕まくりして言う。後部席に颯馬の面倒を見る気満々の女将さんが乗り込み、家に戻ることにした。空港から『七星荘』まで四時間半はかかるという長距離運転だ。途中で交代すると言ったものの、できれば舗装されたゆとりのある道路で交代したい。何しろ宿の近くの道はこの大きな車がギリギリ通れるくらいの広さしかなく、一歩間違えれば崖から真っ逆さまという難所続きだ。慣れている蓮はいいが、ふだんから車を運転しない佑真には過酷な道だ。

「そういえば女将さん、話そうと思っていたんですが」

帰りの車の中、佑真は蓮と目配せしつつ、後部席にいる女将に切り出した。お義母さんと呼ぶべきなのだが、佑真は未だに女将さんと呼んでいる。女将もそれでいいと許してくれている。

「何だい」

眠そうにあくびをして女将が気のない返事をする。

「実は、俺たち家を建てたいなと思っているんですが」

そろりと後ろを振り返りつつ、佑真は言った。ハンドルを握っている蓮も女将を気にしている。

「颯馬も大きくなりますし――」

「駄目」

言おうとした言葉を遮られ、佑真は蓮と目を合わせた。女将は腕を組んで、むっつりしている。

「や、あのー、七星荘のすぐ傍に建てたいと。決して遠くに建てるというわけでは」

「駄目ったら駄目！　蓮はともかく、あんたがいなくなったらまた温泉が止まるかもしれないだろ！　そんな危険は冒せないよ！」

激しく拒絶され、佑真は絶句した。以前、佑真が実家に戻った時、座敷童も一緒についてきてしまい、温泉が止まったことがあった。女将はそれがトラウマらしい。

「きっと、すぐ傍に建てれば大丈夫ですよ」

佑真は何とかして女将の気を変えねばと、言葉を募った。

「そうだよ。今は、俺と佑真の部屋を行き来してるんだけど、すごい面倒なんだ。これから颯馬が大きくなったら、今の形じゃ絶対手狭。別に資金を出してくれとか言ってるわけじゃないし、認めてくれないと」

蓮も強気で言う。女将が駄目と言おうが、本当のところ強制力はない。気持ちよく工事を行うために、認めてほしいだけだ。

「やだやだやだね！　アタシは颯馬と添い寝してる時が幸せなのさ！　シングルマザーでがんばってきたアタシに、ひどい仕打ちじゃないか！　手狭ならまだ従業員用の部屋が空いてるだろ！　それでも狭いなら、亡くなった旦那の部屋を使えばいいじゃないか！」

頑《かたく》なに拒まれ、佑真は何も言えなくなった。亡くなった旦那というのは、蓮の父親だろう。女将の部屋の隣に亡き義父の部屋が残っている。佑真は一度も入ったことはない。

「今は駄目そうだな」

蓮が小声で言う。佑真も頷いて、その話は終わらせることにした。車内に重い空気が漂ったので、ラジオをつけて明るい曲を流した。気配を察して泣きそうだった颯馬は、女将にあやされながら子ども向けのヒット曲でどうにか持ちこたえた。

蓮は宿に着くまで交代することなく運転してくれた。疲れているだろうに、この包容力。感謝の気持ちを延々述べて苦労をねぎらった。颯馬は何度か泣きだしたが、この時ばかりは休戦して女将と協力しあいミルクを与えるとおとなしくなった。途中で車を停めておむつを替えたが、おおむねいい子だった。

「いやー、疲れたね、さすがに」

後部席に座っていた女将は、車から降りると、両腕を伸ばして肩を鳴らした。すっかり夜も更け、宿に至る小道の脇の灯籠《とうろう》に光が灯っている。腕時計を見ると十一時半だ。明日も客が来る予定なので、今夜は早めに寝なければならない。

「今日、ここに停めちゃうね」

蓮が駐車場に車を停めて言う。『七星荘』には車庫と、宿の横にある砂利が敷かれた駐車場がある。駐車場には一応柵を立ててあるが、客が妖怪で車を使わないので、もっぱら『七星荘』に来る業者の運転する車だけが使っている。車庫はいちいちシャッターを開けないといけないので、雨が降らない日に蓮はよく駐車場に車を停める。

ふと見ると、黒いスポーツカーが置いてあった。こんな車、持っていただろうか？

佑真が颯馬を抱っこ紐で抱きかかえ、蓮がスーツケースを引きずってくれた。女将は肩掛けバッグ一つでさっさと前を行く。

「あれっ、お前、今までどこにいたんだ？」

小道を歩いている途中でいつの間にか座敷童が横を歩いているのに気がついた。

『お客さんが来てるの』

座敷童は何故か不安そうに宿のほうを見ている。

「お客さん？」

佑真が聞き返すと、蓮がちらりと駐車場を振り向く。

「大和さんが来てるんじゃない？　さっき、車があった」

「ああ、あの車、大和さんのだったのか。ていうことは」

都と今頃……と思い至り、佑真は蓮と顔を見合わせた。こんな夜遅くまでいるなんて、もしかして佑真たちが帰るのは明日と勘違いしているのではないだろうか。

「まずい、母さんが先に行っている」

女将はとっくに宿に着き、正面玄関の扉をがらりと開けている。従業員用の出入り口もあるのだが、正面玄関から入ったほうが女将の部屋に近いのだ。

「女将さんに気づかれないように大和さんを逃がさなくては！」

佑真も焦って早歩きになった。ただでさえ、険悪なムードの女将と都だ。女将のいない間に男を連れ込んだとばれたらますます大和の立場が悪くなる。

「どうしよう、初エッチの最中だったら！」

未だにキス止まりだった大和と都を思い、佑真は赤くなって蓮に耳打ちした。蓮は姉のそういった事情を想像したくないようで、耳をふさいでいる。

「……っ」

正面玄関の格子扉を開けた女将が固まっている。まさか大和と都が待ち構えていたのかと思い、佑真たちも駆けつけた。

そこには、意外な光景が広がっていた。

正面玄関の広い三和土《たたき》のところに下駄が揃えられ、玄関ロビーの右奥にあるＬ字型のソファに都と大和が座っている。その向かいには、黒地の漢服を着た見知らぬ存在がいた。斑《まだら》模様の赤茶色の頭で嫌な予感がした通り、くるりと振り返った顔は、目が四つある犬だった。

「お、お帰り……なさい」

沈痛な面持ちの都が佑真たちに向かってか細い声を出す。その隣にいる大和はすごい汗びっしょりで、顔面蒼白だ。無理もない。目の前に犬の頭に黒地の漢服姿の世にも奇妙な存在が座っているのだ。免疫のない大和が気絶してないだけ、たいしたものだ。

「え、え、……あなたは」

女将はバッグを三和土に落とし、大きく震える。佑真は蓮に窺《うかが》うような目を向けたが、蓮も顔を強張らせている。今日は客が来ないはずだったのに。

『久しいな、女将』

犬人間の口から流暢《りゅうちょう》な日本語が飛び出て、大和が今にも口から泡を吹き出しそうになっている。

慣れている佑真でさえ、犬人間の存在に気圧《けお》された。よく分からないが、いつも来る客とはまったく違う雰囲気だ。たとえて言うなら、ヤクザの親分とか、権力を持った老獪《ろうかい》な重鎮が来た感じだ。ただものではない雰囲気がびんびん伝わってくる。

「も、申し訳ありません。いらっしゃると分かっておりましたら出かけませんでしたのに」

女将はびしっと背筋を伸ばし、落としたバッグを拾い上げ、優雅な足取りで履き物を脱いで玄関ロビーに上がった。女将の態度から、かなりの大物と予感した。佑真はどうしようかときょろきょろしたが、蓮に手を握られて、女将に続いた。ふだんは妖怪の相手はしなくていいという蓮だが、どうやらこの客は違うようだ。

「今、何か……」

女将がお茶でもと言いだすと、犬人間がゆるく首を振った。必要ないというのだろう。

（女将さんと蓮と都さんの雰囲気から、やばい客ってのは分かるけど……何の用だろ？）

のんきに考えながら佑真は蓮に手を引かれてソファに腰を下ろした。犬人間に向かって、佑真たちがテーブルを挟んで囲むような配置だ。大和は佑真に気づいて泣きそうな顔で助けを求めてきた。薄々事情が分かってきた。おそらくこの犬人間の客がやってきて、大和たちは身動きがとれない状態になったのだろう。初めて妖怪と対峙した大和は「これは夢……夢、夢なら覚めろ」とぶつぶつ呟いている。

「それで……どんなご用でしょうか？」

佑真の手を握ったまま蓮が切り出す。颯馬は佑真の胸にもたれて眠っている。

『吾《われ》は冥界神《めいかいしん》の使者である。名はシャバラ』

犬人間が佑真を見つめて、はっきりと言った。冥界神……と言われ、しばし考え込んだ。冥界の神様の使者……？　それにしても目が四つあって、そのどれもが違う方向を見ているので気が散る。

「佑真、閻魔大王《えんまだいおう》の使者だよ」

蓮が小声で教えてくれる。

「閻魔大王の使者！」

思わず興奮して佑真は繰り返してしまった。奇異な目で皆から見られたが、噂《うわさ》に聞いた閻魔大王は本当に存在するのだと熱くなったのだから仕方ない。

『冥界神……いや、閻羅王《えんらおう》と呼んだほうがよいか。閻羅王は怒っている』

シャバラと名乗った犬人間が四つの目をぎろぎろさせて言う。女将と蓮の顔色が青くなり、都が大和をかばうように寄り添った。

『蓮、そのほう結婚したのに挨拶《あいさつ》の一つもないではないか。しかも子も生まれたのに。うつしよの神には挨拶しておいて、閻羅王に挨拶がないとは、許し難い不義理』

佑真たちを厳しく見据えて、シャバラが言う。急に四つの目の焦点が合って、佑真と颯馬をロックオンする。

（ははぁ。俺のところにも挨拶に来いってことか？）

　閻魔大王の使者が来たので何事かと思ったが、ようやく事態が呑み込めてきた。それにしてもお宮参りしたのもお見通しなのか。さすが冥界の神様だ。

「それは……申し訳ないです。いずれ挨拶にと思いましたが、子どもが小さくて、佑真も初めてだし道行きが不安で……」

　蓮が苦しまぎれに言う。そもそも挨拶に来いと言うが、冥界なんて死なないと行けないのではないか。

『それに関しては閻羅王もお考えだ。道中、差し障りがないようにと吾らが護衛することになった。それならば問題はあるまい』

　シャバラが蓮と女将に向かって告げる。再び四つの目がてんでにあちこちを見始めて、佑真は気が散って仕方なかった。

『では、一週間後に迎えに来る故、支度しておくこと。同行者は蓮とその嫁、子どもでよいな』

　シャバラは無言になった女将と蓮を見やり、厳かに言ってソファから立ち上がろうとした。

「ちょっと待ったぁああ！」

　慌てて大声で叫び、佑真は立ち上がった。驚いたようにシャバラが目を見開き、蓮と女将、都と大和もぎょっとしてのけ反る。つい大声を上げてしまったのを恥じ、佑真はゴホンと咳払いした。

「くわしい説明もなしに、そんなの了承しかねます。そもそもうちの子、まだ一歳にも満たないんですよ！　閻魔大王のとこに挨拶って、いきなりすぎでしょ！　そもそもどうやって行くんですか？　道のりに危険は？　滞在期間は？　往復のルートとか、詳細を知らなければ旅行なんてできないですよ‼　冥界の神様ってくらいだし、まさか死んであの世に行けとは言わないですよね？　大体、使者が来られるなら、閻魔大王が来てくれたらいいじゃないですかぁ！」

　佑真がまくしたてると、シャバラがぽかんとした様子で固まった。横に座っていた蓮は一瞬呆気にとられた後、ぶっと吹き出して肩を震わせた。同じ旅行業界で働いていたのだから、佑真の言い分を分かってくれるはずなのだが。

『な、何と恐れ多い……、閻羅王に自ら来いというのか⁉』

　シャバラの毛が逆立ち、くわっと牙を剝く。とたんに颯馬は火がついたように泣きだし、険悪なムードになった。

「立場のある方でしょうし、そこまでは強要しませんけど、こっちが行くならそれなりにきちんと説明してくれないと困るって言ってるんですよ。旅のパンフくらい作って下さい。第一どれくらいの時間がかかるかも分かんないし、こっちも宿を経営してるんだから、いきなり言われてはいそうですかって頷けません。何度も言うようだけど、颯馬はまだこんなちっこいんです。長距離の旅行は気を遣うんです」

　颯馬をあやしながら冷静になって言い返すと、シャバラが『ぐるる』と犬の唸《うな》り声を発した。妖怪っぽいがやはり基本は犬らしい。

「あの……、すみません。佑真は分からないことを素通りできない性格なので、できれば質問に答えてあげてくれると助かるかと」

蓮はずっと笑いを堪えるような顔で、シャバラと話している。シャバラはしばらく歯を剝き出しにしていたが、やがて仕方ないと諦めがついたのか、座り直して腕組みをした。

『分かった。質問に答えよう』

四つの目を細くして、シャバラが言う。佑真も安心して颯馬をなだめた。

「ありがとうございます。で、最初の質問なのですが、挨拶とはどういう？　蓮たち家族は妖怪に襲われないよう閻魔大王と約定を交わしていると聞きましたが」

『ふん、そもそもこれは閻羅王の慈悲によるものなのだ。この宿を円滑に経営するために、閻羅王は人見家のものに印をつけている。その印があると、妖怪たちに襲われたり喰われたりすることがなくなるのだ。閻羅王のご配慮に感涙するがいい』

鼻息荒くシャバラが教える。要するにその印とやらをもらいに来いということなのか。

「なるほど、納得しました。それで旅の日程はどれほどのものでしょうか？　長期で留守をするとなると休業手当をもらわないと」

図々しいかと思いつつ、佑真は思い切って口にした。女将や蓮、都と大和は呆れと尊敬が入り交じった目でこちらを見ている。

『案ずるな。妖怪の里とこちらの世界では時間の概念が異なる。閻羅王のもとへ行って戻るとなると二週間ほどかかるが、こちらの世界ではせいぜい二日程度しか過ぎていないだろう』

にやりとシャバラが笑い、佑真も「ほう」と目を瞠《みは》った。二日程度なら留守にしていても問題はないだろう。それはいいとして、妖怪の里――以前蓮が佑真をオメガにした妖怪を探しに行った場所だ。危険なところだと聞いている。

「二週間の旅行となりますと、食事や宿はどうなっているんです？　危険な場所だと聞いていますし、護衛はどれほどつきますか？　あと二週間分のおむつとか、ミルクとか、服とか、すごい量になるんですけど、荷物運び手伝ってくれたりとかしません？　それと徒歩ですか？　車？」

『飯や宿の心配はせんでいい。護衛は吾らサーラメーヤが責任を持ってする。おむつやミルクの心配は一切いらない、基本、徒歩で行く。あとは何だ⁉』

イライラした様子でシャバラに聞かれ、佑真は渋い顔で見つめ返した。徒歩なのか。二週間、徒歩なのか。足腰には自信があるが、佑真を抱っこしてずっと歩くのは厳しい。

「牛車とかないんですか？　ほらよく絵巻物であるじゃないですか……」

じっとりとシャバラを見て言うと、呆れたようにため息をこぼされる。

『牛車に乗るのは高貴なお方のみだ。お前ごとき人間に乗れるものではない。もう質問がないなら……』

再びシャバラが立ち上がり、佑真はとっさに「待ったぁ！」と二度目の制止をしてしまった。いかにも嫌そうにシャバラが佑真を見下ろす。佑真はちらりと大和を見た。最初は今にも気絶しそうな大和だったが、佑真の態度に緊張がほぐれたのか、困惑しつつも必死に姿勢を保っている。

「あの、ここにいる大和さんも連れていっちゃ駄目ですかね？」

佑真は思い切って言ってみた。蓮と都、女将さんがいっせいに佑真を振り返る。シャバラも理解不能な顔つきで黙り込む。

「彼は、いずれここにいる都さんと結婚するかもしれない人です。だとしたら今のうちにその印とやらをもらっちゃ駄目かなって」

佑真が大和を指さしてシャバラに言うと、ぎろりと四つの目が大和に注がれる。

「ひぃっ！」

大和はとたんに身をすくめ、真っ青になって両手で自分の身体をガードする。

「あんた、何言いだしてるんだい！　アタシはまだ認めてないよ！」

女将がうろたえたように言い、蓮に肩を押さえられる。

「大和君……」

都は潤んだ眼差しで大和を見ている。

『その者については聞いておらぬので、閻羅王に報告してから返事をしよう。次に来る時に一応その者も待機するよう。待ち合わせ時刻は申《さる》の刻《こく》だ。では、もういいな』

シャバラはまた引き留められないようにと、さっさとソファから離れる。女将がすかさず玄関まで見送りに行き、佑真たちも遅れてシャバラに頭を下げた。

『まったく……蓮の嫁御になるだけある、肝《きも》の据わった奴だなぁ』

去り際に、シャバラが佑真を見やり、かすかに笑った気がした。シャバラは山のほうに向かって歩きだす。いつの間にか霧《きり》が出てきて、あっという間にシャバラの姿が掻き消えた。

ふーっと佑真が肩を落とすと、後ろで叫び声がした。

「何なんすか！　何なんすかぁ!!　あれ……っ、あれはぁ……っ!!」

シャバラが消えて緊張の糸が切れたのか、大和が大声でわめいて、玄関ロビーの観葉植物の傍でうずくまっている。佑真たちが近づくと、大和はひとしきり「化け物、化け物……っ」と呻《うめ》き、都に抱きついている。

「つうか、何で皆そんな平然としてんの！　お兄さんとか、あんな恐ろしい化けもんに平気で渡り合ってぇ!!　マジでここ妖怪屋敷じゃん！」

大和は佑真を指さして、目尻に涙が盛り上がっている。初めて妖怪と出会い、パニックになっているようだ。

「大和さん。ここは妖怪専門宿なんだよ。パニクってるようだけど、大丈夫。俺なんか初めて見た時は気絶しちゃったけど、君は持ちこたえてる。見込みあるよ！」

佑真が親指を立てて笑顔で言うと、大和が絶句して絨毯《じゅうたん》に尻もちをついた。

「っていうか、佑真って本当にすごいね。あの地獄の番犬に堂々と主張してる人、初めて見た。下手したら噛み砕かれるかもしれないっていうのに」

胸を撫で下ろして蓮が佑真をぎゅっと抱きしめる。地獄の番犬なんて、そんな恐ろしい通り名があるのか。ケルベロスみたいなものだろうか？

「まさか向こうから使者が来るとは思わなかった。俺もいつか佑真と颯馬に印をもらわなきゃとは思ってたんだけど」

「ひやひやしたよ。はぁ、生きた心地がしなかった。こうなったら、仕方ないね。一週間後にお前たちは出かける支度をしておきな」

蓮と女将が真面目な顔つきで相談している。自分をおいてけぼりにして話していることに業を煮やしたのか、大和がふらふらと立ち上がり、青ざめたまま出ていこうとした。

「お待ち、軽トラの兄ちゃん」

靴に足を通した大和を、女将が鋭い声で呼び止める。怯えたように大和が振り返り、都が慌てて間に入る。大和さんですよ、と佑真は言ってみたが、女将は名前を呼ぶ気はないようだ。

「いきなり妖怪見てパニクってるのは分かるけど、あんたには一週間後にここへ来てもらわなきゃならない。シャバラさんと約束を交わしちまったからね。あんたが妖怪の里へ行くかどうかは向こう次第だけど、都と本気で所帯持ちたいならちゃんとここへ来な」

女将が眼光鋭く大和を見据える。大和は背筋を伸ばし、強張った表情で都を見つめた。

「大和君……」

都は目を潤ませて大和を見つめ返す。

大和は無言でうつむき、開いた格子扉から駐車場に向かって歩きだした。都がそれを追って駆けていく。

大和も同行させてほしいと言ったのは時期尚早だったかもしれない。けれど、もしこの先都と大和が結婚するとして、やはり同じように印をもらいに行かなければならないとしたら、佑真のような一般人が一緒に行ける今回の旅に同行するほうがいいのではないかと思ったのだ。それに佑真にはもくろみもあった。

「女将さん、もし大和さんが一緒に行くことになって、無事に印をもらったら、彼のこと認めてあげますよね？」

佑真は思い悩んでいる様子の女将に声をかけた。女将にとってこの宿は大事なものだ。だからもし大和が閻魔大王に印をもらえたら、大和のことを認めざるを得なくなるはず。

「それは……まぁ、もしもらえたら、ね」

あいつには無理だろと言わんばかりの笑みを浮かべ、女将が言う。

「はー。今日は疲れたよ。癒やしが必要だね。颯馬ぁ、今夜はばぁばと一緒に寝ましょうね」

女将は佑真から半ば強引に颯馬を奪い取り、部屋に連れていってしまった。たまに一緒に寝たいと言って女将が夜泣きの面倒も見てくれるのだ。おむつを替えるのは年の功か、佑真より手早い。

「大変なことになったね。姉さんたちもそうだけど、俺たちも大変だよ」

蓮はスーツケースを引きずって、顔を引き締める。佑真は蓮の部屋に入り、荷物を広げた。寝る前にスーツケースの中身を抜き出して、空になったスーツケースをクローゼットにしまった。パジャマを着て蓮と布団に潜った頃には、ぐったりして全身の力が抜けた。

今日は慌ただしい一日だった。移動距離だけでもすごいのに、まさかの閻魔大王からの使者とご対面だ。身体はひどく疲れているが、頭は妙に冴《さ》えて眠れない。

「なぁ、妖怪の里ってどんな感じなんだ？」

隣に寝ている蓮も同じように気が張って眠れないらしい。妖怪の里に何度か行っている蓮としては、佑真と颯馬の身が心配なのだろう。

「田舎の風景って感じだよ。棲んでいるのが妖怪ってだけで、見た目は変わりない。ていうか、閻魔大王のいるところは俺も行った時が一歳くらいだったから、あまり記憶がないんだ。はぁ。護衛がいるから大丈夫とはいえ、佑真が心配だなぁ……」

天井を見上げて、蓮が呟く。

「え、颯馬より俺が心配なの？」

意外に思って佑真が聞き返すと、蓮がため息をこぼす。子煩悩な蓮のことだから、颯馬を案じていると思った。

「佑真って妖怪に好かれるから、すごい不安。しかも予想もつかないことするし……。絶対、危険なことしないでね」

真剣な眼差しで囁かれ、佑真はきゅんとしてすり寄った。疲れているはずなのに、同じ布団にくるまって匂いを嗅《か》いでいると、変な気分になってきた。

「うん……、気をつける」

蓮の肩に頭を擦りつけると、大きな手が頬を撫で、目尻にキスが落ちてきた。たまらずに口を寄せ、佑真は形のいい唇を吸った。すぐに蓮の唇が佑真の唇を吸い返してきて、密着して何度もキスを重ねる。

「はぁ……、うう、好きぃ」

間近で熱っぽい視線を注いでくる蓮に、佑真はうっとりして囁いた。蓮の整った理知的な顔立ちに、目がハートになってしまう。颯馬は女将が見ているから、今夜は気にせず抱き合える。

「俺も愛してる」

蓮が微笑んで、頬を撫でていた手を首筋から鎖骨、胸元へと下ろす。パジャマの上から乳首を擦られ、佑真はびくっとして息をこぼした。キスの合間に乳首を弄られ、感度が高まっていく。布越しに乳首が尖るのが分かり、腰が揺れた。蓮の愛撫に慣らされた身体は、乳首への刺激だけで熱くなっていく。

「佑真……。感じるの早くない？」

煽《あお》るように蓮に囁かれ、佑真は目の縁を赤く染めた。佑真の耳朶を食みながら、蓮がパジャマのボタンを一つずつ外していく。直接素肌に蓮の指がかかり、尖った乳首を弾いていく。ピン、ピンと指先で叩かれ、佑真は息を喘《あえ》がせた。

「ん……っ、んう……っ、ふ、はっ」

両方の乳首を指先で弄ばれ、佑真は息を詰めて身悶えた。蓮に触られると、笑えるくらいあっという間に気持ちよくなってしまう。

「待って、脱ぐ、から……」

優しいキスと乳首への刺激で、佑真の下腹部が反り返っている。このままでは下着を濡らしそうで、佑真はかすれた声で訴えた。上半身を起こし、衣服を脱いでいくと、蓮が佑真の最後の一枚の下着を引き抜いてしまう。

「ひゃ……っ、あ、んっ」

反り返った性器をいきなり銜《くわ》えられて、佑真は思わず甲高い声を上げてしまった。慌てて口を押さえる。颯馬がいないとはいえ、あまり大きな声を出すと、家族に聞かれる。蓮が煽るような目つきで、佑真の性器に舌を絡め、上下に動かす。直接的な刺激に佑真は息を荒らげ、蓮の耳朶を摘まんだ。

「俺もする」

小声で訴えたが、蓮は無視して佑真の性器の先端を吸い上げる。先端の小さな穴を舌でほじくり返されて、腰が勝手に揺れた。

（あ、やばい）

お尻の奥がじわっと熱くなってきたのが分かり、佑真はシーツを足で掻いた。オメガになって困るのが、感じると身体の奥が濡れてくることだ。いつの間にか性器ではなく、身体の奥のほうが感じるようになった。

「蓮……、うう、そっちはいいから」

もじもじして性器を銜えている蓮に囁くと、口を離して蓮が濡れた口元を舐める。その姿に色っぽさを感じて、佑真は頬を紅潮させた。

「エロいよぅ……エロさ爆発ぅ……推しの色気にやられる」

佑真が身悶えていると、蓮が起き上がって唇を重ねてきた。

「ひ、ぐぅ……っ」

キスの最中に尻の穴に指を差し込まれ、佑真は色気とは無縁の声を上げてしまった。蓮の指はずっぽりと奥まで入り、ぬちゃぬちゃといやらしい音を立てて出し入れされる。

「こんなに濡らしてたの……？」

吐息をかけながら艶いた声で言われ、佑真は真っ赤になって蓮に抱きついた。耳元で囁かれながらお尻を弄られ、どんどん息が荒くなっていく。暗がりに自分の尻の奥が濡れている音が響き渡り、恥ずかしくてたまらない。

「き、もちい……っ、蓮、声、出ちゃう……っ」

蓮の指が増えて奥を掻き混ぜられるたび、佑真は声が上擦っていき、目がとろんとしてきた。蓮のパジャマの上着をもたつく指で脱がし、厚い胸筋に顔を埋める。

「うん、もう腰がびくびくしてるね」

中に入れた指を動かしながら、蓮が笑う。前立腺を強く押され、佑真は大きく腰を跳ね上げた。

「あ……っ、ひ、は……っ、んんん……っ」

思いきり声を出したいところだが、女将と都に聞かれたら明日会うのが気まずい。佑真は必死に声を殺し、布団を蹴り上げた。

「ね、もう入れて……っ、上から潰して」

佑真が息を喘がせて言うと、蓮が唇の端を吊り上げてお尻から指を引き抜く。上から潰してというのは佑真の好きな寝バックの体位だ。蓮の体重に乗っかられながら奥を突かれるのが、佑真は一番好きだ。すごく感じるし、抗えない感じがゾクゾクする。

「待ってて」

蓮はズボンを脱ぐと、部屋の棚の引き出しから、スキンをいくつか持ってくる。生でいいというつも言っているのだが、颯馬がもう少し大きくなるまで避妊しておきたいようだ。何しろ初めての性交で子どもができた身だ。孕《はら》みやすい身体かもしれない。その分、何故か発情期はやってこないのが謎だ。発情期が来ると、オメガはすごいことになるらしいが、後天的にオメガになったせいか、今のところその兆候はない。

「入れるよ……」

ゴムをつけた蓮の性器が、ゆっくりと押し入ってくる。佑真は布団にねそべりながら、太くて熱くて硬いものが自分の中に入ってくるのを待った。

「ああ、あ……っ、は、ぁ……っ」

ずぶずぶと肉棒が狭い尻穴を広げていく。佑真は頬を紅潮させ、はぁはぁと息を荒らげた。寝バックでやると深い奥まで入ってくるのがたまらない。身体の奥をいっぱいにされ、佑真は目を潤ませて身悶えた。

「すごい熱いね……、はぁ、気持ちいい」

全部入れると、蓮が熱っぽい息を耳朶に吹きかけてくる。そのまま動かずに、馴染むまでじっとしてくれているので、佑真は必死に呼吸を整えようとした。だがシーツの間に入ってきた蓮の指で、乳首をぐりぐりとされ、否応なく息が上がっていく。

「う、う……っ、あ……っ、う……っ」

乳首を弾かれるたびに、甘い声が漏れてしまう。ひくひくと震える佑真のうなじに、蓮はキスの痕を残していく。そんな目立つ場所にキスマークを残されたら、隠すのが大変なのに。

「佑真の中、久しぶり……。ホントはもっとしたかった」

佑真の内部でじわじわと動きながら、蓮が囁く。こうして身体を重ねるのは二週間ぶりくらいだろうか。ここのところ颯馬の夜泣きが激しくて、やるどころではなかった。何しろ以前はくっついているとすぐに変な気分になっていたので、スキンがいくつあっても足りなかった。

「俺もぉ……。やばい、もうイきそう……」

蓮は動いていないのに、佑真は腰をびくつかせ、泣きそうな声を出した。乳首を弄られているだけで、内部に銜え込んだ蓮の性器を締めつけている。奥がキュンキュンしてるのが自分でも分かって恥ずかしい。繋がった部分が熱くて、喘ぎが漏れる。

「もうイっちゃうの……？　まだ入れたばっかりだよ……？」

からかうように乳首をぎゅっと摘まれ、佑真は思わず息を詰めた。シーツに性器から漏れた精液が垂れていくのが分かる。ささいな刺激で軽くイってしまった。

「は……っ、ひ……っ、はぁ……っ」

ほとんど乳首で達してしまった自分におののき、佑真は激しく胸を喘がせた。

「ずるいなぁ、もうイっちゃったの……？」

軽く締めつけてしまったせいか、蓮が耳殻に舌を差し込んで笑う。ふっくらした耳朶を甘く噛まれ、佑真はびくびくと震えた。

「ご、ごめ……、うう、気持ちいいよぉ」

蓮が腰を軽く揺さぶり始め、佑真はとろんとして甘ったるい声を漏らした。蓮は佑真の顔の近くに手を置いて、ゆっくりと腰を揺らしていく。蓮の性器がすごく硬くて、それで奥をごりごりとされると、声を我慢するのは到底無理だった。

「あっ、あっ、あっ、ひぃ、あぁ……っ」

奥を突かれ、絶え間なく甘い声が口から飛び出る。蓮の手が佑真の口を押さえ、性器をぐっと

激しく奥に差し込まれる。さっき達したばかりなのに、またイきそうになって、佑真は涙を流した。

「声、抑えて。壁、薄いから」

上擦った声で蓮に咎《とが》められ、佑真は泣きながら腰を震わせた。蓮の大きな手で口をふさがれ、さらにぞくぞくした背徳感に襲われる。本物のレイプは大嫌いなのに、疑似だと何でこんなに萌えるのだろう。不思議でたまらない。

「ひ、は……っ、……っ、……っ」

蓮の手を唾液で汚しながら、佑真は全身を痙攣《けいれん》させた。蓮の突き上げる動きは音を立てないようにゆっくりしたもので、ぐぐっと奥まで入ってきては、入り口近くまで戻される。その動きがもどかしく、それでいて強く甘い痺《しび》れを身体にもたらし、喘ぎが止まらなかった。

「ね、ちょっと激しくしていい……？」

蓮の息遣いが荒くなり、背中に乗った重みが消える。繋がった状態で腰を引き寄せられ、尻だけを高く掲げた状態で膝をついた蓮に奥を揺さぶられた。

「ひゃ、あ、あ……っ」

容赦なく奥を突き上げられ、肉を打つ音が室内に響き渡る。蓮は射精が近いらしく、激しい音を立てて、佑真の奥を犯す。とても声を我慢しきれなくて、佑真は甲高い声を上げた。

「あっ、あぁ、うー……っ、あー……っ」

頭の芯まで痺れるような快楽に、佑真は忘我の状態で嬌声《きょうせい》を漏らした。奥を穿《うが》つ速度がピークに達した頃、内部で蓮の性器が膨れ上がり、射精したのが分かった。

「う、う……っ、はぁ……っ、はぁ……っ」

佑真は突かれているうちにいつの間にか達していたらしく、どろどろと濡れた性器をシーツに押しつけた。

「うう……すごい、よかった……」

佑真はぐったりとシーツに倒れた。蓮が性器を引き抜き、先端に液体が溜まったスキンを外す。

「はぁ……、気持ちよかった……」

事後の熱を帯びた身体を蓮に重ね、佑真はうっとりして言った。シーツはどろどろになってしまったが、替えるのが面倒なのでこのまま寝よう。急に眠気もやってきた。

「うん、佑真すごく可愛かった」

蓮の手が背中を撫で、熱いキスが落ちてくる。

「なぁ、今度スーツでヤってくれないか?」

汗ばんだ蓮に見蕩れ、佑真は以前からねだっていることを繰り返した。スーツ姿の蓮のかっこよさは宇宙一だ。その姿で犯されたら、きっと萌えまくるに違いない。

「嫌だよ。何でスーツ着てやるの? 汚れたら洗濯が大変だし」

蓮は佑真の萌えが理解できないらしく、頑なに拒まれた。次の誕生日まで願いが叶うことはないようだ。がっかりしつつも諦めまいと佑真は蓮に寄り添った。お互いに射精したせいか、眠気に抗えずそのまま目を閉じた。

　妖怪の里に行くという非現実的な課題ができたが、隣に寄り添うこのぬくもりがあれば大丈夫だろうと佑真は楽観して眠りについた。

◆3　妖怪の里へ

火曜日の十時になると、野菜の配達で大和と顔を合わせた。

大和は山の麓にある青果販売所に勤めていて、毎週火曜日には野菜や卵、果物などを運んできてくれる。青果と謳《うた》っているが、いわゆる道の駅みたいな店なので、青果以外も頼めば運んできてくれるのが大変助かる。荷台に野菜の入った段ボール箱を積んで、白い軽トラックが宿の駐車場に停まる。駐車場と厨房の裏口が近いので、買った野菜はすぐ運び込める。

「はよーざいます……」

白い軽トラックから降りてきた大和は、陰鬱《いんうつ》な表情をしていた。二日前に妖怪と遭遇するという事件が起きたせいだろう。佑真の顔を見るなり思いの丈を吐き出したいというそぶりで迫ってきたが、まず先に仕事をすませようと言って、荷台の野菜を確認して食材を確保した。金銭のやりとりを終えると、堰《せき》を切ったように大和がまくしたててきた。

「あの妖怪、何なんすか！　マジでおしっこちびりそうだったし！　ここが幽霊屋敷って言われてても悪意のある噂だろうと思ってたのに、それを超えてくるって、やばくないすか⁉　つか、何で都さん先に言ってくんなかったっすかぁ！　俺だって心構えがあったらもう少しマシだったはず！　っていうか、お兄さん、何で俺まで道連れに⁉　俺、絶対嫌っす！　変な世界に連れてかれるとかぁ‼」

おそらく一人になってから悶々と考えていたであろうことを大和は一気に叫んできた。その気持ちは分からないでもなかったので、佑真は一通り聞き終えるまで黙っていた。はぁはぁと肩を上下させて大和が一息ついたところで、おもむろに肩を叩く。

「未知との遭遇で混乱する気持ちはよく分かる。まぁ落ち着いて」

大和の肩を抱いて、そのまま車の陰に移動する。

「都さんが言わなかったのは、たぶん信じてもらえないからだと思うよ。俺も最初、蓮に何も言われないで連れてこられたから。妖怪相手に仕事してるって言っても、信じなかったでしょ？」

佑真が淡々として言うと、大和の険しい表情がいくぶん和らいだ。

「まぁ……確かに」

「っていうか、ふつうの人は妖怪が視えないんだって。岡山さんはずっとここで働いてるけど、ぜんぜん視えないって言ってる。君、優秀だよ。最初から視えてたんでしょ？」

「え……っ」

虚を衝かれたように、大和が黙る。

そうなのだ。ふつうの人は妖怪が視えないらしい。けれど大和は最初からあのシャバラという犬の妖怪が視えていた。都とつき合っているからかもしれないが。

「や、でも俺、霊感とかぜんぜんないし……。ＵＦＯとか子どもの霊を視たことあるくらいで」

大和が口ごもって言う。

「めちゃくちゃあるじゃん！　何それ、すごい！　ＵＦＯ見たことあんの⁉」

尊敬の眼差しで佑真が叫ぶと、照れたように大和が頭を掻く。大和曰《いわ》く、山のほうに時々未確認飛行物体が飛んでいるそうだ。佑真よりよほどすごい。

「まぁ、君の気持ちを聞かずに旅の同行者に指名してしまったのは申し訳ないと思ってるけど、よく考えてみて。都さんと結婚する気なら、ああいう謎の生命体ともつき合わなきゃならないんだよ？」

大和を懐柔しようと、佑真は猫撫で声を出した。

「俺、入り婿《むこ》決定っすか？」

怯えたように大和が身体を抱く。

「入り婿じゃないとしても、都さんと結婚したら、しょっちゅう顔を合わせると思う。それでね、あの四つ目がある犬の話によると、俺たち旅のゴールでは妖怪に襲われない認定書をもらえるらしいんだ。こんなチートスキルもらわないでどうするの？　もらったら、ああいう怖そうな妖怪に怯える必要なくなるんだよ？」

佑真は閻魔大王からもらえるという印について、熱く語った。大和は最初のうち半信半疑で、恐れのほうが強かったが、徐々に佑真の話に耳を傾けるようになった。

「それに、もし印をもらえたら、女将さんは君と都さんの仲を認めてもいいって言ってるよ。護衛もしてくれるっていうし、俺たちも一緒なんだし、君も行こうよ。もちろん、都さんと結婚する意志がなくなったっていうなら話は別だけど」

女将の話は大和にとって前向きになれるポイントだったらしい。大和の態度に変化が表われた。

「都さんに対する気持ちは変わってないっす……。あの女将さん、俺に対して昔から態度が冷たくて、ぜんぜん話を聞いてくんないっすよ。都さんの弟も俺のこと、嫌ってるっぽいし」

情けない表情を見せる大和の背中を強く叩き、佑真は笑顔になった。

「蓮に関しては心配無用だから。俺は大和さん好感持ってるし、上手くやっていきたいなぁ。それじゃ次の日曜日、うちに来てね。もし旅に同行できなかったとしても、来る意志を見せることで女将さんの意識も変わると思うから」

大和と話していると、箒《ほうき》を持った都が宿から出てくるのが見えた。玄関前の掃き掃除に来たのだろう。

「都さんと話してきなよ」

大和の背中を押すと、野球帽を軽く下げて大和が都のほうに駆け寄っていく。二人が寄り添うのを確認して、佑真は買い入れた野菜の段ボール箱を厨房の裏口から中へ運んだ。

土曜日になると、佑真は旅の支度をすると共に、厨房へ立ち、閻魔大王への手土産作りに奮闘した。

「佑真、何作ってるの？」

颯馬を抱っこしながら厨房に蓮が入ってくる。佑真が作っているのは羊羹《ようかん》だ。すぐに着くならどんな和菓子でもいいが、閻魔大王のもとに行くまでに一週間かかるという。日持ちする和菓子というくくりで考えた結果、羊羹に行き着いた。羊羹は防腐効果がある砂糖をたっぷり使うので、長く持つのだ。本当は栗やさつまいもを入れた蒸し羊羹にしたいのだが、そうすると日持ちしなくなるので、小豆と寒天という最小限の材料で作る練り羊羹にするしかない。

「羊羹を作っている。餡《あん》作りが肝なのだ」

昨夜から十時間水に浸けおいた小豆を煮ながら、佑真は言った。餡子が好きなので、柔らかくなっていく小豆を見ると癒やされる。渋抜きという作業は手間がかかるが、これを何度かすると抜群に美味しくなるので欠かせない。

「閻魔大王の好みも聞いておけばよかったな。砂糖は多めにしたほうがいいだろうか？　それとも甘さ控えめか？」

寸胴鍋を掻き混ぜながら蓮に聞くと、驚いたようにのけ反られた。

「閻魔大王に渡すお土産作ってたの⁉」

蓮の口があんぐり開いたので、佑真は少し戸惑った。

「まずかったか？　一応昨日、お煎餅《せんべい》も焼いておいたんだが」

「いや……、手土産という発想がなかった。前回行った時も、父さんは何も持っていかなかったらしいし……」

毒気を抜かれたように立ち尽くす蓮に、佑真は呆れた顔を見せた。

「お呼ばれしたんだし、手土産くらいないと。妖怪ってけっこう和菓子好きだろ？」

「そう……だね」

蓮の表情が崩れて、横を向いて笑いだす。何か面白いことを言っただろうか？

「佑真と結婚してよかった」

しみじみ言われ、佑真は首をかしげた。

蓮の背中で、颯馬はおとなしくしている。明日は妖怪の里へ行くと分かっているのだろうか？　あのシャバラという妖怪はおむつやミルクの心配はいらないと言っていたが、どんな手を打つのだろう。

「妖怪の里ってどんなとこなんだ？　閻魔大王はやっぱりラストエンペラーが住んでいたようなとこにいるのか？」

佑真は期待に胸を熱くさせ、蓮に尋ねた。

「妖怪の里は怖いとこだよ。淀んでるっていうか……。でも俺も閻魔大王のところに行った時の記憶はおぼろげなんだ。前も言ったけど、俺が一歳くらいの時に父親と行ったらしいし。ぼんやり覚えてるのは何かキラキラした街だなぁと思ったことかな」

記憶を辿るように蓮が言う。

「往復で二週間ってことはけっこう広いのか？　お前がこの前大蛸の妖怪を探しに行ったところとは違うんだな？」

佑真が首をかしげて聞くと、蓮がぐずり始めた颯馬を軽く揺らす。

「そうだね、すごく広いと思う。印をもらいに行った時は、あの犬の背中に乗って飛ぶように走っていったみたいだから、もっと早く着いた気がするけど」

話しているうちに過去の記憶を取り戻したのか、蓮が目を細める。犬の背中に乗って飛ぶように走る……!?　ちょっと羨ましい。

「佑真、何かわくわくしてない？」

小豆をひたすら煮ている佑真に、蓮が意外そうに聞く。鼻唄を歌っていたのに気づき、佑真はハッとして顔を引き締めた。

「場所がどこであれ、旅をするのは好きなんだ。それに俺たち、新婚旅行もいけてないだろ」

出来ちゃった結婚なので新婚旅行はまだ行っていない。観光業界に勤めていたのもあるが、佑真は基本的に旅が好きだ。非日常というか、見知らぬ景色を見るのが楽しい。妖怪の里は危険だと座敷童にも言われたが、護衛もつくのだし、旅を満喫したい。

「ここにいたんだね。明日の支度は終わったのかい？」

蓮と話していると、女将が気もそぞろな様子でやってきた。女将は颯馬が心配でたまらないのだ。今も颯馬の頭を撫でて、「アタシもついていきたいよ」と呟いている。

「佑真が閻魔大王に渡す羊羹を作っている」

蓮が含み笑いで言うと、女将が呆気にとられて数歩退いた。

「手土産!?　あの閻魔大王に!?　正気かい！」

女将的にも手土産はありえない発想らしい。蓮と二人で化け物を見る目つきでおののいている。

「女将は閻魔大王にも会ってるんですよね。どんな方ですか？　やっちゃいけないこととかあります？　冥界の神ってくらいだし、礼儀作法に気をつけたほうがいいですか？」

佑真は情報を求めて尋ねた。

「閻魔大王は……それはもう恐ろしい存在だよ。思い出しただけで鳥肌が立つ。目を合わすのはもちろん、会話をするのさえすごく恐ろしかった。蛇《へび》に睨まれた蛙《かえる》っていうかね……。行けば分かると思うけど、ともかく傍に近づくだけで肝が冷えるのさ」

女将は遠い記憶が蘇ったのか、ぶるぶるしている。そんなに恐ろしい存在なのか。

「今は亡きアタシの旦那も、閻魔大王に謁見《えっけん》した後は、しばらく寝込んでいたね。妖怪に慣れてるアタシでもびびっておかしくなりそうだったから、ふつうの暮らしをしていた旦那にはかなりきつかったらしいよ。その後も時々うなされてたし」

「へぇ……父さんが」

蓮は初めて聞く話だったらしく、女将の話に聞き入っている。女将は代々妖怪専門宿を経営する家の子として生まれたので、自分が生まれた時と、子どもが生まれた時にも閻魔大王に会っている。

「それで？　閻魔大王はどんなお顔を？　よく資料にある恐ろしげな感じですか？」

佑真は好奇心を抑えきれず、重ねて問うた。

「顔とか見られるわけないだろ！　閻魔大王は仮面を被っているからね。何でも直接見ると、とんでもないことが起きるらしいよ。そもそも恐ろしすぎて、顔を上げられなかったよ」

女将に呆れた口調で叱られ、佑真は鍋の火を止めた。閻魔大王は仮面を被っているのか。ますます興味が湧く。

「はぁ。無事に帰ってきますように」

颯馬の柔らかい頬を指で摘み、女将が祈りを捧げる。

明日に思いを馳せ、佑真は羊羹作りに勤しんだ。

翌日はどんよりとした天気で、春三月とはほど遠い肌寒さだった。

佑真と蓮はそれぞれのリュックに衣服や下着、日用品を詰め込んだ。ふつうの旅行ならスーツケースを使いたいところだが、徒歩で行くと聞かされては持っていく気になれない。妖怪の里というくらいだし、蓮の話によると舗装された道はほぼないそうだ。悪路をスーツケースを引いていくくらいなら、リュックサックのほうがマシだろう。

シャツにズボン、寒さを考えて厚手のパーカに着替え、玄関ロビーに集まる。蓮はぐずる颯馬をあやしながらやってくる。蓮はジャケット着用だ。ラフな格好をしたがった蓮を止めたのは佑真だ。お出かけなのだから、蓮にはジャケットを着てほしい。そのほうが男前度は上がる。

「支度はできたかい？」

女将は落ち着かず、何度も同じことを聞いてくる。颯馬を妖怪の里へ連れていくのが心配でならないらしい。蓮と佑真に関してはまったく心配していないようで、佑真に至っては「アンタはどこでも生き延びる」と恐ろしげに言われた。

三時半になって黒のスポーツカーに乗って、大和が現れた。大和は一応旅の支度をしてきたらしいが、いつものスカジャンにジーンズ、野球帽、小さめのナップザック一つだった。ぎこちないそぶりで都と話しているので、二人の仲は円満という様子ではなさそうだ。

「来たね。まぁ、あんたはどうせ同行しないだろうけど」

女将は大和を見るなり冷たい口ぶりであしらった。大和がムッとして何か言い返そうとしたが、それより早く都が前に出て、女将を睨みつける。

「母さんが認めようと認めまいと、私は大和君以外考えてないから！」

強気な口調で女将を都が怒鳴りつける。女将の目が吊り上がり、都と睨み合う。後ろにいた大和は少し照れた顔つきなので、都の言葉が嬉しかったようだ。

申の刻に来ると言っていたので、シャバラは十六時くらいに来るらしい。全員が玄関ロビーで待っていると、格子扉に黒い影が映った。慌てて女将が扉を開けに走る。

『用意はできたか？』

格子扉を開けると、シャバラが前回と同じく黒地の漢服姿で立っている。今回はその隣にシャバラと同じ四つの目を持った黒い色の犬の妖怪が立っていた。どちらも漢服で、制服なのかもしれない。腰に長い剣を携えていて、どきりとした。

「あ、はい。よろしくお願いします」

佑真が颯馬を抱えて頷くと、シャバラが隣にいる黒い色の犬の妖怪の肩を抱く。

『彼はシュヤーマ。今回、吾と共に護衛をする』

シュヤーマと紹介された四つの目を持つ犬の妖怪は、何故かじっと佑真だけを見つめている。

シャバラの四つの目はあちこち動くのに、シュヤーマの四つの目のうち二つはずっと閉じていて、安心して見返せた。

『それで……その赤子がお前らの子だな？』

シュヤーマが颯馬を見下ろして聞く。とたんに颯馬が真っ赤な顔で泣きだした。シュヤーマは構わずに颯馬の小さな頭を鋭い爪を持つ手でむんずと摑んだ。びっくりして佑真が咎めようとした矢先、腕の中で黒煙が起こる。

「なっ、げほげほ……っ」

思いきり黒煙を吸い込んでしまって咽《むせ》ていると、いきなり腕の重みが消えた。と思ったのも束の間、目の前に叫び声と共に、少年が現れる。少年は体勢を崩したようで、三和土に尻もちをついて、呆然と佑真たちを見上げる。

『旅行に不向きな年齢ということで、十歳のその者と入れ替えた。閻羅王のもとへ辿り着いた時に、元の赤子に戻そう』

平然と言われ、佑真はぽかんとして尻もちをついている少年を見下ろした。白いすべすべの肌に、大きな目、通った鼻筋の、いわゆる美少年だった。アイロンのきいた白いシャツに、半ズボン、白い靴下に真新しいスニーカーを履いている。そして何故か少年はリュックサック姿だった。十歳のその者と入れ替えたというのはつまり……？

「う、うわぁ……。これが例の……」

少年は感極まったように呟き、よろめきながら立ち上がって、尻の汚れを叩いた。そしてきりっと表情を引き締める。

「父さん、佑ちゃん、颯馬です。十年前のお二人に出会えて嬉しく思います」

利発そうな口ぶりで自己紹介をされ、佑真は腰が抜けそうになった。キラキラした瞳で見つめている目の前の子は、十年後の颯馬だというのか。蓮にそっくりだ。

「めちゃイケメン！　正義！　マジでこんなにかっこよくなるのか！」

佑真が感激して颯馬の手を握ると、後ろで蓮が青ざめてわななく。

「え、うちの子はどこへ？」

蓮は消えた赤子の颯馬のほうが心配らしく、混乱している。

『そなたらの子は、十年後の世界へ入れ替えておいた。何、二日程度だし、向こうの世界のお前らは今回のことを覚えているので問題はなかろう』

シャバラが頷きつつ言う。それでも蓮はまだ納得いかない様子だったが、佑真は目の前の美少年に見惚れていて、それどころではなかった。

「ちょっと写真撮りたいんだけど！　うわぁ、イケメンの血は勝つんだなぁ。お前、すごくモテるだろう？　ますます蓮に似てきた。うちの子がこんなに素敵に成長するなんてなぁ……。神は存在するんだ。ひい、ドキドキするぅ」

大きくなった颯馬を前に興奮していると、蓮に怖い顔で腕を摑まれた。

「佑真、赤ちゃんの颯馬が心配じゃないの⁉」

「父さん、心配は無用です。僕は物心ついた頃から、今日の日について教えてもらっていました。ずっと妖怪の里とやらに行ってみたかったんです。佑ちゃんも……あ、ちなみに母さんと呼ぶと怒るので佑ちゃんと呼んでいます」

颯馬ははきはきとしゃべっている。母さんと呼ぶと怒ると言われ、やはり本物の颯馬だなと納得した。男である自分が母さんと呼ばれるほど気持ち悪いものはないと常日頃から思っていたからだ。

「うんうん。佑ちゃんでいいよ。あと、何で敬語？　もっと気楽にしゃべっていいんだぞ」

颯馬が丁寧な口調で話すのに違和感を覚えて聞くと、ふふっと笑われた。

「佑ちゃん……えっと十年後の佑ちゃんから、十年前の自分に会ったら敬語を使えって言われました。そのほうが萌えるそうです」

「十年後の俺、分かってる‼」

思わずのけ反って、佑真は拳を握った。十歳の美少年がきちんとした言葉遣いで接してくる……これに萌えないわけがない。さすが十年後の自分は、己の趣味嗜好《しこう》を心得ているなと感心した。ナイスな判断だ。

「本当に颯馬、なのか……？」

蓮は未だに混乱していて、おそるおそる颯馬を覗き込んでいる。

「蓮、この事態を受け入れろよ。お前は意外と頭が固いんだよなぁ」

佑真が笑って言うと、「佑真は順応しすぎ！」と逆にじっとり睨まれた。その頃には女将と都たちもようやく頭が回ってきたようで、颯馬に近づいてきた。

『先に言っておくが、颯馬よ、十年後の世界について話すことは禁じる。未来に関してはすべて話せないよう術を施す』

シャバラが颯馬の額に爪をかざし、何事か唱える。すると爪先から赤い煙が出て、颯馬の鼻腔から中へ入っていった。颯馬はむずがゆそうな顔をしていたが、分かったと頷いた。未来に関することを聞き出そうと思っていたので、がっかりした。とりあえず颯馬は十年後も元気なようなので安心だ。

『それから、そのほう』

シャバラがじろりと大和を見据える。

「ひゃいっ！」

大和が背筋を伸ばして変な声を上げる。前回より青くないし、少しは耐性がついているようだ。

『閻羅王から許しが出た。そのほうも同行するがいい』

シャバラから許しが出て、佑真は笑顔になったが、大和はショックを受けたように固まった。旅の支度はしたものの、行かなくていいと言われるのを期待していたのだろう。女将はまさか大和の許可が出ると思わなかったようで、青ざめてわなないている。

「大和君が行くなら、私も行きます！」

突然叫びだしたのは都だった。固まっていた大和の表情が弛み、都を愛しげに見つめる。

「ちょっと待ってて！　荷物持ってくるから！」

シャバラの返事を待たずに、都が猛然と部屋へ駆けだしていった。シャバラは呆れ顔になって、シュヤーマと何事か話し合う。その間に佑真はリュックに入れておいた颯馬の着替えやおむつを除けておいた。赤子の服を持っていっても意味がない。颯馬は朝から出かける準備をしていたそうで、トイレに行くにもリュックを背負っていたそうだ。

数分後には大きなリュックを背負った都が現れた。大和が行く時は自分も行こうと決めていたらしく、荷造りもすでにすませていたようだ。

『都は許可しておらぬが……まぁ、お前には印があるしな。勝手についてくるというなら止めはせん』

シャバラは意気込む都の迫力に押され、しぶしぶ認めてくれた。

シャバラとシュヤーマはくるりと向きを変えると、ついてこいというように宿の正面玄関の左側にある藪《やぶ》を掻き分けて歩きだした。女将が玄関前で心配そうに手を振って見送る。佑真は颯馬と手を繋ぎ、シャバラとシュヤーマの後ろをついていった。竹が群生している辺りまで来ると、徐々に霧が周囲を覆い始める。

『ここから、決して振り向くなよ』

先頭に立っていたシャバラが告げ、一列になって歩き始めた。シュヤーマは最後尾についている。霧がどんどん深くなってきたと思った矢先、背筋にひやりとする感覚があった。何か別次元の世界に足を踏み入れたような異質さがあったのだ。

『もう振り返ってもよいぞ』

シャバラがそう言ったので反射的に振り返ると、先ほどまであったはずの『七星荘』がどこにもない。辺りは雑草が生い茂るだけの野原で、佑真たちがいた場所はゆるい坂道の途中だった。空はどんよりとして暗く、視界不良だ。佑真もびっくりしたが、それ以上に大和が驚いて悲鳴を上げた。

「えっ、何で！　どこここ！　マジでっ、暗っ」

大和が青くなりながら周囲を見回す。パニックになっている人を見ると、意外と人は落ち着くものだ。佑真は大和の様子にすっかり冷静になった。

「なるほど、お客さんたちはこういう道を通って『七星荘』にやってくるんですね」

佑真が感心してあちこちに目を向けると、暗がりからカサカサという怪しげな音がした。よくよく見ると木の看板が立っていて、『七星荘、小道を右へ』と書かれている。

「佑真、気をつけてね」

蓮は明らかに神経質になった様子で、佑真の手を握る。

「大丈夫です。父さん、僕が佑ちゃんを守ります」

颯馬は目を輝かせ、佑真の空いた手をぎゅっと握る。

「ううっ、推しがダブルで攻めてきた！」

蓮と蓮にそっくりな颯馬の二人に囲まれ、佑真はときめきで頰を紅潮させた。蓮の気持ちも嬉しいが、それ以上に颯馬の小さな騎士ぶりに胸を射抜かれた。守りますと言われてときめくとは思わなかった。やはり顔がいいと何を言っても様になる。

「やー、気持ちはありがたいが、颯馬はまだ十歳だろ。お前のほうが守られなきゃ」

照れながら佑真が言うと、颯馬はにこりと微笑んで胸を叩いた。

「僕はすでに印をもらってます。だからここの妖怪は僕に手出しできません。印がない佑ちゃんこそ守らなきゃなんです」

強い口調で言われて、そういえば十年後の颯馬なので、すでに印があるのだと思い至った。つまり、それはこの旅が確実にゴールへ行けたということを示している。未来は語れないと言われたが、こうして印を持った息子がいるのだからちゃんと閻魔大王に会えたのだろう。

「ふふ。出かける前はいらぬ心配をしたが、何てことはないチートな旅だったというわけだな。よし、妖怪の里を満喫しよう」

憂いが取り払われて、佑真はすがすがしい気持ちで言った。蓮は困惑しているが、佑真はすっかり安心して歩きだした。問題は後ろにいる大和と都だ。

「都さん、絶対、絶対手を離さないで下さいね?」

大和は都の手をしっかり握って、身構えながら辺りを見回している。男らしさや騎士きどりは大和には無理だったようだ。姉さん女房になるのだし、こういうのもアリだろう。

「出発進行だな!」

佑真は高らかに言った。

歩き始めて分かったのだが、妖怪の里は陰鬱な空気が漂っていた。

蓮の話によると、空はいつもこんなふうに暗いのだそうだ。太陽を見たためしはなく、朝になっても厚い雲に覆われ、まるで土砂降りの日のように翳《かげ》っている。道は舗装された道路がなく、ずっと土か砂利しかない。たまに畑があったり、民家っぽい藁の屋根があったりするが、現代の日本とは思えない風景だった。大昔にタイムスリップしたみたいなのだ。本当に蓮の記憶にあるきらきらした街は存在するのだろうか。

途中で川を横切ったが、そこにかかっている橋も、太い丸太を倒しただけのもので、およそ整備された土地とは言い難い。

「何だか日本昔話っぽいな」

佑真が呟くと、後ろで大和が「スマホが使えない」と呻いている。圏外で通信ができないようだ。

「妖怪の里って、こう俺たちの世界と次元が違うだけで重なり合ってると思ってたけど、まったく違う世界なんですかね？」

佑真は前を行くシャバラに尋ねた。

『まぁ……そうだ。時々交わる場所がある』

シャバラは佑真の質問に考え込んでから答える。最初に質問攻めにしたせいで、鬱陶《うっとう》しい奴と思われてしまったのかもしれない。

「時々交わる……。なるほど、その時に人間に視られたりするわけですね？」

感心してなおも聞くと、『人にくわしく教えるものではない』と煙たがられた。やはり妖怪の世界のことは簡単に教えてはならないのだろう。

「蓮は前に一人で来ただろう？　道とかどうやって分かったんだ？」

横を歩く蓮に聞くと、山の向こうを示される。

「俺が探してた大蛸は水の妖怪だったから、山の向こうにある海へ行ったんだ。そのあとは近くにいる妖怪に尋ね回った」

「海もあるのか」

佑真が目を見開くと、颯馬も感心して聞き入っている。颯馬も妖怪の里は初めてなので、見るものすべてが興味深いようだ。

『海へはゆかぬ』

佑真が口を開く前に、シャバラがそっけなく言った。

『閻羅王の屋敷とは方角が違う』

シャバラの言う通り、緩い坂道を上りきると、山に向かう道と左方向へ逸《そ》れる道に分かれた。

閻魔大王の住む場所は左方向らしい。延々と続くような長い道があり、徐々に周囲の雑草の丈が長くなっていった。野原だった周囲がごつごつした岩山に変わり、勾配が強い道へと変化していく。

歩き始めて一時間もした頃、ふいにシャバラが佑真たちを止めた。

地面が揺れて、びっくりして蓮の腕を摑む。地震か、と思ったが、揺れは一定間隔で起こり、静まっている。どしん、どしんと大きな音が近づいてくる。

「ぎゃあああ！」

一番先に悲鳴を上げたのは大和だった。前方を指さし、腰を抜かしてしまう。それも無理はない。巨大な人の姿が大きな音と共に近づいてきたのだ。曲がりくねった山道なので、その姿は見えたと思うと消えてしまう。だが、少しずつ近づいているのが分かる。

「すごい巨大なのが近づいてきます！」

颯馬が恐れと興奮の入り交じった顔つきで叫ぶ。

「あれは鬼だよ」

蓮が佑真の前に立って、眉根を寄せる。

「鬼ぃ！」

興奮して佑真は繰り返してしまった。言われてみると、巨人の頭に角が見える。昔話の絵でよく見るような巨大な鬼が地面を揺らして近づいてくるのだ。近くまで来たのでじっくり観察すると、腰にぼろぼろの布を巻き、全身が泥で汚れた鬼だった。目はぎょろりとして、歯は真っ黒だ。

大きさは二階建ての家くらいある。

「鬼ってあんなのばっかなのか？　もっとかっこいい鬼とか、人型の鬼はいないの？」

アニメや漫画でイケメンな鬼をよく見るので、佑真はがっかりして聞いた。あれでは萌えられない。

「佑真、もっと緊張感を持って！」

蓮に怖い形相で叱られ、しゅんとして背中に隠れた。最初に会う妖怪に期待していたとは言いづらい空気になった。

『そこで止まれ！』

シャバラは声が届く範囲まで鬼が来ると、声高に告げた。鬼が素直に止まり、しゃがみ込んでくる。目が合った気がして、鳥肌が立つ。気のせいか、自分のことをじーっと見つめている。

『この者らに手出しは無用。分かったら去れ』

シャバラが厳しく言う。すると鬼は口から液体を垂らして、うーうー言いだした。あれはよだれだろうか？　異臭がして、鼻を覆う。

『う、美味そう……、美味そう……』

熱い眼差しを向けられ、佑真は背筋を震わせた。

「俺のことか！」

鬼と目が合っていると思ったのは気のせいではないらしい。美味そうというのは食べたいという意味だろうか。鬼って本当に人を食うんだなぁと変に感心した。

『何度も言わせるな、去れ！　閻羅王からお叱りを受けるぞ！』

シャバラの牙が剝き出しになり、鬼が怯えたように頭を抱えた。鬼はよだれを垂らしながら、仕方なさそうに向きを変えて去っていく。佑真は安堵《あんど》して肩に入っていた力を抜いた。

「ひいいい……」

背後を振り返ると大和が尻もちをついている。都が「しっかりして」と大和の背中を叩く。

『お前……、もしかして宿に来た妖怪から危ない目に遭ったことはないか？』

それまで黙っていたシュヤーマが、気になった様子で佑真に質問する。

「え？　まぁ大蛸の妖怪に性別変えられましたけどね。あとはちょっと舐められたり、美味そうと言われたりしたくらいですよ？」

佑真が思い返しながら言うと、シュヤーマが目を細める。

『やはりか。最初に会った時からいい匂いがすると思っていたんだ。吾らにとって、極上の餌《えさ》らしい。都の時も妖怪が群がって大変だったが、今回も一悶着ありそうだな』

いい匂いと言われ、佑真はうろたえた。シュヤーマ曰く、大和からはいい匂いはしないそうだ。平凡の権化と言われた自分が、妖怪にとって極上の餌だなんてあるはずがない。そう思った佑真だが、あることに気づいた。

「分かった、これのせいじゃないですか？」

佑真はリュックから風呂敷包みを取り出して言った。風呂敷包みの中身は、閻魔大王に献上する羊羹だ。他にも食べ物が入っている。

「これの匂いでしょ？　甘い匂いがしてるんじゃないか？」

風呂敷包みを蓮に手渡し、シュヤーマに向かって両手を広げる。もういい匂いはしないはずだと思ったが、呆れたように首を横に振られる。

『吾は閻羅王の右腕ぞ。リュックの中身の匂いか、お前自身の匂いかの区別くらいつく』

はっきりと断言され、佑真は驚愕《きょうがく》に身を震わせた。では本当に自分の匂いなのか。そんな物語の主人公みたいな特徴が自分にあるというのか。もしかしてオメガに変化してから、自分は平凡から逸脱してしまったのかもしれない。

『印がない者は、ただでさえ目立つというのに……』

シュヤーマが面倒そうに腕を組む。

「都さんの時はどうだったんですか？」

蓮から風呂敷包みを返してもらいながら、佑真はシュヤーマを窺った。

『あの時は都の母親と都の二人だったから、吾らが担いで閻羅王のもとへ行った。吾らの足なら三日で着くからな。その間も妖怪に群がられて大変だったな。都は生まれたばかりの赤子だったから覚えておらぬかもな』

シュヤーマが遠い目つきで話す。ずっと閉じていた二つの目が開き、ぎょろりと左右に動いた。

『言っている傍からまた来たな』

シュヤーマが西の方角を見やり、ため息をこぼす。遠くからどしんどしんと大きな足音が響く。また巨人の鬼がやってくるのか。

『急ごう、数が多くなると厄介だ』

シャバラが背中を向け、大きな岩がごろごろ転がっている間を早足で行く。佑真は蓮と颯馬に挟まれつつ、先を急いだ。大和は中腰で都と手を繋いでついてくる。辺りがどんどん暗くなり、視界が利かなくなってきた。佑真が懐中電灯を取り出して足元を照らすと、後ろで大和が「持ってくればよかった」と嘆く。

岩山を抜けた頃、暗がりに鬼火が出没した。青白い火で、ある一点に固まっている。暗くて近づくまではよく分からなかったが、鬼火は寺の門のところにたくさん揺れていた。

『今夜はここに泊まる』

シャバラが言い、佑真たちは安堵して門を潜った。

石畳が敷かれた境内に入ると、石階段があって、シャバラを先頭に上っていった。石段の両脇には石灯籠が並んでいて、鬼火が揺らめいている。辺りが暗いせいもあるが、楼門《ろうもん》もところどころ崩れているし、石段を上りきった先に鎮座していた本堂も、かなり寂れていた。

本堂の前にはぼろぼろの着物を着た小柄な人影が、提灯を手にして立っていた。

「ひぃっ！」

大和が急に悲鳴を上げる。何事かと思ったら、提灯を持っていたのは蛙の妖怪だった。牛蛙みたいなふてぶてしい面構えだ。

『お待ちしておりました』

蛙の妖怪がぺこりと頭を下げる。蛙の妖怪に先導され、木の階段を使って本堂に上がる。靴は脱がなくていいと言われた通り、板の床は埃《ほこり》で汚れていた。ガタガタと軋《きし》む障子を開け、蛙の妖怪が中に招く。本堂の板の間はある程度拭き掃除がしてあったようで、少しマシだった。板の間には祭壇があり、正面奥に朽《く》ちかけた阿弥陀如来《あみだにょらい》が安置されている。本堂のあちこちには蠟燭《ろうそく》の火が灯されていて、明るいとは言い難いがとりあえず部屋の中は確認できる。

蛙の妖怪は祭壇に置いてあった木箱をうやうやしく抱え、シュヤーマに差し出す。

『今宵の食事にございます』

誇らしげに言うのでつい覗き込んでしまい、ひどくがっかりした。

木箱の中はミミズとか蜘蛛とかダンゴムシでいっぱいだったのだ。

「ぎゃっ」

大和も息を呑んで、都の背中に隠れてしまう。

『人の子だから虫は喰わぬと言ったであろう』

シュヤーマの目が吊り上がり、牙が剝き出しになる。とたんに蛙の妖怪が青ざめ、口から長い舌がにょろっと出てきた。

『す、すみません！　うっかりしておりました！』

慌てたように蛙の妖怪の舌が右へ左へと動き回る。虫が出てきた時は嫌がらせかと思ったが、蛙の妖怪なりの接待だったのかと思うと、ほんわかした。あれだけの量の虫を集めるのは大変だったろう。

「食事なら少し持ってきたので大丈夫です。叱らないであげて下さい」

佑真はシュヤーマに声をかけた。シュヤーマはちらりと佑真を見やり、牙を口の中にしまい込んだ。

『布団の用意はしておきましたので』

あわあわしながら、蛙の妖怪が部屋の端に駆け寄り、木の扉を開く。隣が畳の部屋になっていて、布団が積み重なっていた。

『……ご苦労。もう行ってよい』

シュヤーマがふいっと顎をしゃくると、蛙の妖怪がぺこぺこ頭を下げて、ジャンプしながら去っていった。シュヤーマと共に畳の部屋に入り、一息つく。畳は綺麗で、靴を脱いで入れた。八畳程度の広さで、煎餅布団が三組重なっている。厠《かわや》はないので、用は外で足すそうだ。

『今宵はここで寝るがいい。辰《たつ》二つ時に出発する。吾らは見張りをする故、好きにするがいい』

シャバラとシュヤーマはそう告げて、畳の部屋から出ていった。身内だけになり、ホッとしてくつろぐ。畳の部屋は四方を板壁に囲まれ、外の様子は見えない。行灯《あんどん》が部屋の四隅に置かれていて、ほの明るい。リュックを下ろして、念のために持ってきた稲荷《いなり》寿司を詰め込んだタッパーを取り出した。重くなるからどうしようか迷ったが、入れておいてよかった。食料はあと、ゼリータイプの栄養補助食しかない。ウエットティッシュを各自に配り、タッパーを回しながら稲荷寿司を頬張る。

「佑ちゃん、美味しいです」

稲荷寿司を頬張った颯馬が目を輝かせる。

「五目稲荷だね。しゃきしゃきしてるのは蓮根《れんこん》かな？　いい味してる」

蓮も咀嚼しつつ、笑顔になる。颯馬が十歳くらいの頃はこんなふうに楽しくピクニックができるのだろうかと佑真も嬉しくなった。こんなことなら味噌汁も持ってくればよかったと後悔しきりだ。

「……何でそんなほのぼのできるんすか……？」

家族三人で稲荷寿司を食べていると、恨みがましい目つきで大和に詰《なじ》られる。大和は稲荷寿司に手をつけていない。都も手に持ったまま、食べようか考えあぐねている。

「あんな恐ろしい妖怪ばっかいて……、何でそんな明るく？　俺、正直めっちゃ後悔してるっす……。恥ずかしいけど、怖くてしょんべんちびりそうっす」

膝を抱えて大和が呟く。

「……ごめん、大和君」

どう答えようか悩んでいると、都が苦しそうに言い、目を潤ませた。

「私のせいで……私のために……」

ぐすぐす泣き始めた都に、さすがに蓮も顔色を変える。

「姉さん、泣かないで」

「そうですよ、伯母さんだってほとんど妖怪の里は初めてなんですから」

横から颯馬が付け足す。驚いて振り返ると、颯馬が大和の前に膝を詰める。大和は子どもが苦手なのか、気後れしたように後ろへのけ反った。

「え、でも前に……」

「都伯母さんは前回来た時に赤ちゃんだったので、妖怪の里の記憶がほとんどないんです。もちろん妖怪には慣れてるけど、でも本当はずっと怖かったって、僕は聞いています」

快活な口調で颯馬が言い、都が目を丸くして涙を引っ込めた。大和の顔に赤みが戻り、都を見つめる。未来のことは話せないはずだが、それくらいの情報は許してくれるのか。

「都さん……そうなんすか？　俺、ずっと都さんに頼りっきりで……」

「う、ううん。だってこんな怖いとこ来たの、私のせいだもんね。私が大和君を守るからね」

大和の手を握り、都が決然と言う。大和の頬が赤くなり、都の手をぎゅっと握り返す。

「都さん……」

今にもキスをしそうな二人から離れ、佑真は残りの稲荷寿司を口にした。多めに作ってきてよかった。大和もやっと腹が減ってきたらしく、佑真の作った稲荷寿司を一つ摑む。結局大和は一つしか食べてくれず、大半の稲荷寿司は蓮と颯馬の胃袋に収まった。

「まだ複雑な気分なの？」

食事を終えると、壁に寄って親子三人で並びながら、蓮に聞いた。蓮は戸惑った様子で姉と大和を眺めている。

「うーん……、まぁ今の大和さんは更生したっぽいけど。姉さんにはああいうタイプが合うとは思えないけどなぁ。颯馬、あの二人本当に結婚するの？」

蓮が佑真の膝の中にいる颯馬に聞く。颯馬は何事か答えようとしたが、口をぱくぱくしただけで音にならなかった。

「言ってはダメなようです……。でも僕、大和さん好きですよ？　悪い遊び教えてくれるし」

二人に関することは話せないと分かり、残念そうに颯馬が言う。悪い遊びと聞いて蓮の血相が変わる。

「じゃあ絶対に賛成できない」

笑顔で蓮が拒絶する。颯馬は余計なことを言ったと、両手で自分の口をふさいでいる。

「そういや……今さらだけど、わー子は来なかったんだな」

佑真は傍にいつもいる座敷童がいないのを確認してがっかりした。一緒に妖怪の里へ来てくれるかと期待したが、怖い場所だと言っていたからさすがに来なかったらしい。

「それにしても本当に佑真にはびっくりするね。俺はここに何度か来てるから耐性もあるけど、大和さんが呆れるのも無理はないよ。ほぼ初めてなのに、佑真ってぜんぜん動じないね」

颯馬の頭を撫でながら、蓮が感心する。

「ははは。俺はずっとＶＲ妖怪旅行をやっているつもりだから」

佑真が笑顔で返すと、蓮に不可解な表情で見返された。蓮はＶＲゲームをやったことがないので、いまいち伝わらないようだ。

「しかし本当に可愛いな。颯馬の写真を撮っておこう」

颯馬の整った顔立ちは何度見てもうっとりしてしまう。佑真はスマホを取り出し、颯馬を連写した。都に撮ってあげようかと聞かれたが、自分が写るとげんなりするので丁重にお断りしておいた。

「颯馬に未来のことを聞けないのが残念だ。でも俺たち、十年後もちゃんと一緒なんだよな？」

何気なく佑真が聞くと、颯馬がふっと身体を固くした。膝の間にいると表情が分からないので、急に不安になって横から覗き込んだ。

「……一緒だよな？」

まさかすでに別れているなんて言わないだろうなと、佑真は不安になって再度聞いた。

「未来については言えませんけど、父さんにはしっかりと佑ちゃんとの絆を深めてもらいたいです。人の心はとても脆《もろ》いんです。永遠のものなんてないんです」

切実な目つきで颯馬が言い、蓮が驚愕したそぶりで颯馬の肩に手を置く。

「どういう意味？　それって……、俺たち何かやばいことになってるの？」

蓮と颯馬が緊迫した様子で見つめ合い、佑真も息を呑んだ。十年後の未来について考えたことはなかったが、今までと同じく平和に暮らしているものだと思い込んでいた。

「怖い怖い怖い！」

佑真は身をすくめて、叫んだ。出会った妖怪に美味しそうと言われるよりも、未来から来た颯馬にアドバイスされるほうがよほど怖い。

その夜は湿気を含んだ布団のせいもあるが、蓮との未来が心配でなかなか寝つけなかった。


翌朝、シャバラが七時に起こしに来た。佑真は明け方近くにうとうとした程度なので、あまり眠れなかった。蓮や大和、都も似たようなもので、唯一颯馬だけはぐっすり眠れたと言っていた。

身支度を整えて、八時には泊まった寺を出た。二日目ともなると、この陰気な空も少しは慣れたが、歩けども歩けども岩がごろごろしている山道で嫌になった。足場が悪いので、非常に疲れる。地面はしだいに急な傾斜になり、気づいたらいつの間にか険しい山を登っていた。足を滑らせたら一巻の終わりという尾根伝いの細い獣道を渡り、今度は山を下った。

「疲れた……」

その日は山を登ったり下ったりして終わった。昼食は獣道の途中に生えている得体の知れない果実だったので、あまり食べた感じがしなかった。甘くもないし酸っぱくもない、ほんのり苦みのある果実だった。シャバラは果実だと言い張るが、あれは野菜ではないだろうか。仕方ないので、持ってきたゼリータイプの栄養補助食で空腹を満たしたが、食事の心配はいらないというのは、大嘘だったと後で抗議しなければならない。

二日目の宿は、前日よりさらにぼろぼろの小さな神社だった。昨日は蛙の妖怪だったが、今宵は小紋柄《こもんがら》の着物を着た猫の妖怪だった。金色に光る眼で佑真たちをじろじろ眺め、舌なめずりをする。

『お疲れ様でございます。お食事は用意しております』

二股に分かれた尻尾をぴんと伸ばし、猫の妖怪がにたぁと笑う。大和が息を呑み、都の後ろに隠れる。

今夜の宿の神社は小さく、鳥居は主柱に亀裂が入り今にも倒れそうだ。手水舎《ちょうずや》には濁った水が浮かび、虫の死骸が浮いている。猫の妖怪は本殿に佑真たちを案内した。

階段を上がって建物の中に入ると、板の間の奥に祭壇があった。開いた扉から雲ったご神鏡が置いてあるのが見える。昨日は畳の間で寝られたが、今夜はこの板の間で寝るしかないようだ。布団も用意されていないし、椅子があるわけでもない。ほぼ廃墟で寝泊まりするようなものだ。

『さぁ、どうぞ』

本殿に案内してくれた猫の妖怪が、白木でできた三方《さんぼう》に大量の魚を載せて運んでくる。三方は全部で五つ床に並べられ、それらの上に釣ってきたと思しき鮎《あゆ》が積まれていた。

『人も魚を食べるのですよね。遠慮なくどうぞ』

猫の妖怪はドヤ顔で佑真たちに鮎を勧める。

「……すみません。それは生で食えないかも……。刺身にするにしても、鮮度が……」

鮎を覗き込み、佑真は顔を引き攣らせた。

『何と！』

猫の妖怪がびっくりして毛を逆立てる。やはり妖怪なので人の事情はくわしくないのかもしれない。猫の妖怪の尻尾がしおれていくのを見て、少し申し訳ない気がした。

『喰えぬのか。それはまずいな』

シャバラが困った様子で顎を撫でる。稲荷寿司は全部食べてしまったので、残る食料は栄養補助食のゼリーが三つしかない。まだ二日目ですべての食料を食べ切るわけにはいかないので、佑真は鮎を検分した。

「よかったら、鮎の塩焼きにしましょうか」

佑真が言いだすと、驚いたように蓮が覗き込んでくる。

「塩なんてあるの？」

「一応持ってきた」

佑真がリュックを探ってビニール袋に入った塩を見せると、皆が感嘆する。塩は食事に使うためではなく、お化けが出た時に追い払う浄化用だったというのは内緒にしておこう。

佑真の指示のもと、三方を境内に運び、手分けして枝を集めた。大和がライターを持っていたので、枯れ葉を集めて火を熾《おこ》した。

「キャンプみたいですね」

颯馬は子どもらしい笑顔で、火に枝をくべている。

「綺麗な水ってないんですか？」

佑真は鮎の下処理をするために水場がないか猫の妖怪に尋ねた。

『井戸から水を汲んでこよう』

猫の妖怪は佑真に熱い視線を注ぎながら、どこかへ行ってしまった。その間に下処理をしようと、鮎の腹を押して糞を出す。鮎は全部で三十四あって、全部の糞を押して出した。次にリュックの中に入れていた果物ナイフを取り出し、鱗《うろこ》も取っていく。念のためにと果物ナイフを持ってきておいてよかった。

猫の妖怪が桶にたっぷりと水を入れて戻ってきた。水が綺麗だったので安心して鮎のぬめりをとっていく。体表のぬめりがある程度落ちたら、長い枝を軽く火で炙《あぶ》ってから鮎の口に突っ込んだ。塩をまぶし、形を整える。

「これ焼いてくれる？」

蓮に枝に刺した鮎を渡すと、器用に火の周りに並べて突き立ててくれる。

「手伝うわ」

都が近づいてきて、佑真の手伝いを買って出たが、中骨に沿うように枝を刺すのが難しいので、串刺しできる枝を探してきてくれと頼んだ。都には悪いが、都はとても不器用なのだ。未だに料理もほとんどできないし、結婚する時は大和に多大な苦労を負わせると思う。

『ほほう……その場のものでよく間に合わせた』

どうにか十匹分の串刺しされた鮎を火の周りに並べると、シュヤーマが感心したように呟いた。串刺しにちょうどいい細くしっかりした枝がないので、食べ終えたらまた使い回すしかない。火の調節をしながら焦げないように鮎を焼いていると、背後からはぁはぁという荒い息遣いがする。

『はぁ……美味そうな匂いだなぁ。はぁ……よだれが』

おそるおそる振り向くと、猫の妖怪が佑真を見て、よだれを垂らしている。そこは魚を見て言うべきだろうと思ったが、どう見ても自分に視線が釘付けだ。

『傷一つでもつけたら、閻羅王のお怒りを買うぞ』

シュヤーマが猫の妖怪に睨みを利かせる。猫の妖怪は黙って口元を手で覆い、にたぁと笑って後ろへ下がる。蓮と颯馬がすぐに佑真の周りで壁になり、猫の妖怪を威嚇した。

鮎が焼けたいい匂いが広がる。佑真は焼けた鮎を皆に振る舞った。

「わぁ、美味しい！」

颯馬は鮎に齧《かじ》りついて、目を輝かせる。蓮と都も美味しそうに頬張っている。大和は今日一日元気がなかったが、鮎の塩焼きに頭から齧りついている。

佑真は自分の分を確保してから、シュヤーマとシャバラ、それに猫の妖怪にも鮎の塩焼きを渡した。シュヤーマとシャバラはそれぞれ困惑した様子で食べ始める。

『む……美味いな』

シュヤーマが鮎を咀嚼しながら、目を瞠る。犬に塩を振った魚を与えていいのか不安だったが、妖怪と犬は違うらしい。シャバラも『美味い、美味い』と歓喜して食べている。唯一猫の妖怪だけは渡された鮎の塩焼きをなかなか食べようとしなかった。

『魚は生で食うものでしょうが。焼いたら台無しですよ』

馬鹿にしたような笑いを浮かべ、猫の妖怪が串刺しの鮎を振り回す。

『食べないならくれ』

食べ終えたシュヤーマが猫の妖怪に手を出すと、急に惜しくなったのか、猫の妖怪が鮎の腹に齧りつく。

『お、おやおや……？』

鼻で笑いながら鮎を齧っていた猫の妖怪の目つきが変わり、急に勢いよく鮎を貪り食う。

『う、う、う、うまーぁい‼』

一気に鮎を食べ終えた猫の妖怪が、小躍りして叫ぶ。

『えーっ!! 魚って焼いたらこんなに味が変わるんですかぁ!! 美味いじゃないですかぁ!! もう一匹くださぁーい!』

先ほどまでと百八十度意見を変え、猫の妖怪が目をキラキラさせる。蓮が吹き出し、颯馬はにやりとしている。

「よかった、俺を食べないで下さいよ。まだまだ焼きますから」

料理人としてはたとえ相手が妖怪だろうと褒められたら嬉しいものだ。佑真は食べ終えた皆の枝を集め、新しく鮎に刺していく。三十四匹の鮎は、仲良く皆の胃袋に収まった。用意してくれた魚が無駄にならなくてよかったと胸を撫で下ろし、その晩は家族三人で肩を寄せ合いながら本堂の板の間で眠りについた。


三日目ともなると、旅の疲れがどっと出てきた。

何しろ毎日足場の悪い道を進んでいるのだ。山道が終わったと思ったら、荒野みたいな道を歩かされるし、獣の骨がごろごろ転がっている道も通った。食事もしっかりしたものじゃないし、ふかふかの布団で眠れるわけでもない。その上いつ妖怪が現れるか分からず、気を張っている。

あまりに空腹で、閻魔大王に渡す予定の煎餅を皆で食べてしまった。佑真もだいぶ疲労感を覚えていたが、それ以上に大和の様子が変だった。

「大和君……大丈夫?」

大きな川の手前で休憩している時、都は不安そうに大和の背中を撫でていた。大和は今朝から顔色が悪く、息切れもしていた。

「だるい……」

岩の上に腰を下ろし、大和が野球帽を脱ぐ。汗びっしょりだ。都が大和の額に手を当てて、息を吞む。

「熱っぽい。大和君、薬持ってる?」

都がおろおろして言う。佑真たちも何事かと大和の傍に集まった。大和は薬を持っておらず、佑真と蓮は風邪薬しか持っていなかった。大和は咳もくしゃみもしていないので、風邪薬が効くか分からない。

『妖気当たりだな』

大和の様子を確認したシュヤーマが、さらりと告げる。

「妖気当たり……?」

佑真が聞き返すと、シャバラが腕を組んで四つの目をいっせいに四方に動かす。

『人の身でかくりよへ来ると、妖気に当てられて具合が悪くなる者がおるのだ。印があれば問題ないが……』

シャバラにちらりと見られ、佑真はどきりとした。

「とすると俺もその妖気当たりになる可能性が……？」

大和ほど具合は悪くないが、佑真も疲労は感じている。蓮や都、颯馬は平気らしく、閻魔大王からもらう印というのは効果が大きいと実感した。

「妖気当たりを防ぐにはどうすれば？　何か薬とかないんですか？」

都に寄りかかっている大和を見かねて、佑真は神妙な顔で尋ねた。大和は佑真が無理矢理連れてきたようなものだから責任を感じる。

『特にないな。死ぬわけではないから、我慢しろ。ひどくなると、ちょっと吐き気がして動けなくなるだけだ』

シャバラにあっけらかんと言われ、大和がショックを受けたように身体をわななかせた。

「……俺もう帰りてぇ」

大和が野球帽を深く被り、ぼそりと呟く。

（やばい、また大和さん鬱になってきてる）

精神的にも不安定な上に、体調まで悪化してきて、大和の気持ちは地を這《は》っている。ここまで悪くなるとは思わなかったので、強引に連れてきたのを後悔した。

「あのぅ、ここから戻ることってできるんですか？」

これ以上大和を連れ回すのは申し訳なくなり、佑真はシャバラにこっそりと尋ねた。何か特別な道でもあって、一瞬でワープできないかと期待したのだ。

『来た道を戻るしかないぞ。その場合護衛はつかない。印のない者が行くのは無謀だろう。吾らはあくまで閻羅王のもとへお前たちを連れていく役目を負っている。脱落者のことは知らぬ』

シャバラはあっさりと言い放った。ワープする道はなかったらしい。

『この先の湿地帯を抜ければ、人であるあやつも少しはマシになるはずだ。一番危険な地帯だ。そこまで辛抱せい』

滔々《とうとう》と言われ、佑真はこの先に希望を抱いた。シャバラの話では、湿地帯の先は空も明るく、ここほど陰気な感じではないそうだ。天気に気分を左右される人は多い。大和もずっとどんよりした空に気分が影響しているのかもしれない。

「大和さん、もうちょっと我慢して。この先は少し楽になるみたいだから」

大和を勇気づけようと、佑真はリュックを探った。風呂敷包みを取り出し、閻魔大王に渡そうと思っていた羊羹を一本取り出す。

「糖分をとれば少し気分もよくなるんじゃないか？　三本あるから一本食べようか」

平らな岩を探し、佑真は包みを開いて羊羹を七等分した。それぞれに手渡していくと、颯馬と蓮が美味しそうに頬張る。

「美味しい！」

颯馬は子どもらしく甘いものに目がないようだ。

「甘さ控えめで美味しいね」

蓮もにっこりして食べている。大和は億劫《おっくう》そうにしていたが、渡された羊羹をもぐもぐと食べ始めた。都は大和を心配そうに見ている。自分でも食べてみたが、小豆の味がよく出ていて満足の出来だった。

『吾らは甘いものが苦手なのだが……』

シャバラとシュヤーマは最初敬遠していたが、颯馬が美味しそうに食べているのを見て、ためしに一口ぱくりとした。

『ほう。意外とイケる』

最初はしぶしぶ口にしていたシャバラとシュヤーマも、羊羹の美味しさが理解できたようで、表情を弛めて食べている。甘いものを食べると皆、笑顔になるものだ。シュヤーマなどは『もう少し食べてもよいのだが』と佑真のリュックをチラチラ見ている。

『そろそろ行くぞ』

シャバラが空を見上げ、再び歩きだした。大和の様子を見ると、休憩したのもあっていくぶん元気を取り戻したようだ。

シャバラを先頭に川を越え、草原の中を歩いた。三十分もすると足下が柔らかくなってきて、雑木林を通り抜ける。前方に暗く淀んだ感じの湿地帯が出てきた。

『ここはなるべく早く通り過ぎるぞ。沼は底なしなので、落ちたら死ぬからな』

シャバラが厳しい目つきで言い含める。底なし沼を見るのは初めてで、佑真は固まって歩きながら沼を覗き込んだ。水は透明度が低く、水中植物がびっしり生えているようだった。時折、水面を虫や魚が乱すくらいで、あとはしんと静まり返っている。沼地の周りには柳《やなぎ》の木がぽつぽつと点在していて、鬱蒼《うっそう》とした景色を見せている。

「くっせ……」

大和は沼の横を過ぎながら、鼻を覆っている。生ものが腐った匂いが漂っている。急いで通り過ぎようと、佑真たちは早足になった。

『……おーい』

どこからか男の声がして、佑真はどきりとして立ち止まった。おーいという声が四方から木霊《こだま》のように聞こえてくる。

『まずいな』

舌打ちしてシャバラが佑真たちをかばうように足を早める。ふいに水音がして、振り返ると沼から頭半分を出している何かが見えた。

「佑真、急いで」

蓮は青ざめて佑真の手を握り、駆け足になる。沼から顔を出した何かは、ゆっくりと水面を揺らして近づいてきた。

「何だ？　あれは」

佑真は怖いもの見たさで沼に顔を向けながら、シャバラに尋ねた。

『泥田坊《どろたぼう》だ』

忌々《いまいま》しそうにシャバラが吐き出し、走るぞと言って駆け足になる。泥田坊とは何だと聞き返す間もなく、佑真たちも小走りになってシャバラを追う。沼から遠ざかっていったのでもう安心と思ったが、次の沼にも同じように水面から顔を出すものがいる。しかも今度は二体。濁った水を揺らしてどんどん近づいてくる。

「ぎゃあっ‼」

沼のほうへ顔を向けた大和が叫んだ。つられて振り返った佑真も息を呑んだ。沼の水面がぼこぼこ揺れて、全身泥だらけの一つ目の妖怪がこちらに向かってくる。あれが泥田坊か。最初は数体だったのに、あちこちの沼から同じような姿の妖怪が陸に上がってきた。

『むう、面倒くさい。こやつらは知性がないから嫌なんだ』

佑真の後ろにシュヤーマが回り込み、陸に上がってきた泥田坊を抜刀して切り捨てた。泥田坊は老人のような顔つきをしていて、全身泥だらけの姿はまるでゾンビだ。シュヤーマが次々に切り捨てると、陸に上がった泥田坊は身体を真っ二つにされて、その場に泥となってしたたり落ちた。

「集まってきました！」

颯馬が血相を変えて言う。颯馬は子どものわりに足が速く、佑真は両方の手を蓮と颯馬に握られながら走っていた。泥田坊は数を増やし、沼から次々と上がってきて佑真たちに手を伸ばす。

「うわあああ‼」

反対の方角から来た泥田坊が大和に襲いかかる。すんでのところでシャバラが剣で切り捨てたが、直前まで泥田坊の身体だった泥が大和にびしゃりとかかった。

「あちぃっ！」

大和は泥がかかった場所をかばって、悲鳴を上げる。

『こんなに多いとは』

シャバラは牙を剝き出しにして、剣で手当たり次第に泥田坊を切っていく。シュヤーマも流れるような動きで泥田坊を泥に変えていく。シャバラとシュヤーマは剣の達人のようだが、いかんせん数が多すぎた。しかも地面はぬかるんでいて、走るのに適さない。前方の沼から出てきた泥田坊が迫ってきて、佑真はぎゃあと叫んだ。

「佑真、大丈夫⁉」

佑真を摑まえようとした泥田坊に蹴りを入れ、蓮が大声を上げる。泥田坊は蓮の足で腹をえぐられて、泥になった。蓮の下半身は泥だらけだ。

「な、何とか……」

颯馬の手を離してしまって慌てていると、颯馬は足下の石を拾って泥田坊に投げつけている。正確な投球で泥田坊の頭を破壊し、佑真に近づく妖怪を次々と倒していく。泥田坊は気色悪いが

腹や頭を砕くと泥となって消えるようだ。蓮と颯馬が手当たり次第に泥田坊をやっつけている様を見て、佑真は場違いにもきゅんとしてしまった。

（イケメンの勇姿！　ああ、今ここで死んでもいい！）

蓮と颯馬が闘う姿は胸をときめかせ、逃げるのを忘れたほどだ。こんなにいい場面を見られるなんて、と感動していると、近くで倒れた泥田坊から跳ねた泥が頬に叩きつけられた。

「あっち！　痛ぇ！」

頬が熱くなって、思わず声が上がる。

『泥田坊の泥は素肌につくと、火傷するぞ。印のないお前らは気をつけろ！』

シュヤーマに今頃言われ、青ざめて逃げ回った。シュヤーマが道を切り開き、泥田坊から離れる。

「う、う、うあああ！　もう嫌だ!!」

泥田坊と距離が開いたと思ったのも束の間、突然大和がパニックになったように叫び、ものすごい勢いで駆けだした。

『ちょっと待て！　そっちは方向が違う！』

シャバラが止めるのも聞かず、大和が沼と沼の間の茂みを脱兎のごとく駆け抜けた。大和の姿は群生する葦《あし》で見えなくなり、都が悲鳴を上げた。

「待って！　大和君、待って！」

都が大和の消えた方向へ走っていく。シャバラとシュヤーマがまだ追ってきていた泥田坊を剣で倒し、しかめ面になる。

『あの馬鹿、勝手な行動を。どうする？』

シュヤーマとシャバラが顔を突き合わせて話し込む。このままでは見捨てられるのではないかと焦り、佑真はシュヤーマの着物の裾を摑んだ。

「追いかけましょう！　こんなところで迷子になったら大変だ！」

佑真が大声で言うと、シャバラとシュヤーマが考え込む。

『全員で追いかけるのは危険だ。道を逸れると想定外の妖怪に襲われる危険がある。シャバラ、お前があいつらを追ってくれ。吾はこいつらを宿に連れていく』

シュヤーマが仕方なさそうに言う。シャバラは剣についた泥を着物の袖で拭い、『分かった。後で落ち合おう』と大和たちが消えた方角へ走り去った。

見捨てると言われなくて安堵したが、大和たちは大丈夫だろうか。

『急ごう。日が暮れる』

シュヤーマは空を見上げ、大和たちが去ったのとは反対の方角へ歩きだした。泥田坊のおかげで全身泥だらけだ。佑真はかばってもらったのでまだいいが、颯馬と蓮はまるで田んぼで泥遊びをしたみたいだ。

「二人ともかっこよかったなぁ。余裕があったら動画を撮りたかったよ。映画のワンシーンみたいで興奮した」

勇姿を思い返して佑真がうっとりとして言うと、蓮が脱力したように肩を落とした。

「え、それが感想なの？　怖かったとかないの？　今、かなりピンチだったよね？」

蓮に呆れ顔で聞かれ、佑真は照れ笑いを浮かべた。

「萌えは恐怖に勝つんだなぁ」

ふふと笑うと、颯馬が感心したように目をぱちくりする。

「佑ちゃん、さすがです」

「いや、お前の小さなナイトぶりに俺はときめきが止まらなかったよ。それより大和さん、大丈夫かな？　颯馬、お前どうなったか知ってるんだろ？　大丈夫だった？」

さりげなく颯馬に聞くと、思わずと言ったように大きく頷かれた。しゃべるのは駄目だが、頷くことはできたようだ。未来を知る颯馬が大丈夫というなら大和とは無事に再会できるのだろう。

「ふう」

蓮が顔の泥を拭う。頬の泥が余計に広がった。ハンカチで拭いてあげようかと思ったが、泥をつけた姿も凛々《りり》しくて黙って見守る。

「何でニヤニヤしてるの？　泥がついてる？」

微笑ましく見ていただけなのに、蓮にうさんくさそうに言われて、颯馬が「父さん泥が」とハンカチを取り出した。

「っていうか、大和さん、だるいとか言ってたわりにすごい早さで走っていったね」

蓮は颯馬のハンカチで、顔についた汚れを拭き取る。確かに身体がだるい人間の走りかたではなかったかも……。

「佑ちゃんの羊羹を食べたから元気になったんですよ！　佑ちゃんの作るものは元気になるんです」

にこにこして颯馬に言われ、まんざらでもなく佑真は微笑んだ。お世辞だと思うが、言われて悪い気はしない。

『しゃべってないで早く歩け。また別の妖怪につけ狙われたらどうする』

シュヤーマが肩越しに厳しく告げ、佑真たちは急いで足を速めた。

湿地帯から抜け出ると、辺りの景色は一変してきた。今までの荒れ地とは打って変わって、明らかにちゃんとした道が現れてきたのだ。街道といえばいいのか、砂利が敷かれ、道標らしき石も建っている。あちこちに藁葺《わらぶ》きの民家もあるし、のどかな田園風景が広がっている。それに合わせてあれほどどんよりしていた空が、明るい日差しを注いでいた。極めつきは笠を被り、風呂敷包みを背負った旅人とすれ違ったことだ。

「今の妖怪なんですか？」

佑真は信じられない思いでシュヤーマに聞いた。街道を歩いていたのは着物姿の女性そのものだった。すれ違いざまにぺこりと頭を下げて、愛想よく微笑んでいた。

『あれは管狐《くだぎつね》だろう。この辺りは管狐が多いから』

シュヤーマは何でもないことのように答える。妖怪が一見人間の姿をしているのが不思議でならず、佑真は人の姿が見えるたび、同じ質問をした。

『管狐はふだん、人の姿をしている。いわば化ける練習だな』

シュヤーマが小声で言い、佑真は納得して遠目に人にしか見えない管狐の妖怪を眺めた。これだけ人間そっくりに化けられるならば、人間社会に妖怪が交じっている可能性もあるということだ。小さな子どもが畑の中に入って虫を捕まえているのだが、その子らは隠せない尻尾が揺れていた。

『ここが今夜の宿だ』

辺りが夕闇に包まれた頃、シュヤーマが一軒の藁葺き屋根の民家の前で告げた。門構えも立派な屋敷で、シュヤーマが『閻羅王の使いだ』と大声を上げると、格子扉が開いて妙齢の割烹着《かっぽうぎ》姿の女性が出てきた。

『まぁまぁ、遠いところをようこそおいでになりました』

女性は黒髪を後ろでまとめ、にこりと微笑む。佑真たちが頭を下げると、あらあらと目を丸くする。

『泥田坊に襲われたのですか？　ひどいこと。先に泥を落としましょうね』

佑真たちの身なりを見て何が起きたか察したらしく、女性は中庭に案内してくれた。中庭には井戸があって、女性が手押しポンプで水を出す。佑真たちは綺麗な水で顔や手足を洗った。

『さぁどうぞ』

ある程度汚れをとったところで女性が屋敷の中に招いてくれた。屋敷の造りは人の家と変わりなく、板張りの廊下もあるし、部屋は畳敷きになっている。ちゃんと掃除も行き届いていて、壁も床も清潔だった。しかも何と！　汲み取り式とはいえ、トイレがあるではないか！

『お着替え、置いておきますね。汚れた服は洗っておきます。お疲れでしょう。お風呂にします？　お食事になさいます？』

八畳の部屋に通されてリュックを下ろすと、先ほどの女性が来て、三人分の浴衣を差し出してくれた。

「お風呂があるんですか⁉」

佑真がびっくりして声を上げると、女性がにこやかに頷く。

『五右衛門《ごえもん》風呂なので一人ずつしか入れませんが』

洗った浴衣に清潔な宿、しかも風呂。佑真は感動して蓮と颯馬と抱き合った。一日目、二日目とひどい様相だったから、ずっとあんな感じかと思っていた。ここは人間の宿と遜色《そんしょく》ない。

「ぜひ！」

夕食の前に風呂に入りたくて、佑真は手を挙げた。女性がどうぞと手招きし、屋敷の奥へ案内する。最初に風呂に入る権利を得た佑真は、裏庭に面した石造りの小屋に連れていかれた。竈の上に大きな鋳物《いもの》でできた風呂釜を載せた昔懐かし五右衛門風呂だ。小柄な女の子が薪をくべていて、壁に開いた窓から湯気が逃げていく。五右衛門風呂の横には洗い場もあった。

『どうぞ、よい湯加減になりました』

小さな女の子が汗を拭って、ぺこりと頭を下げて去っていく。佑真は着ていた浴衣を脱ぎ、桶に溜めたお湯を頭から被って身体を洗った後、浮いている木の板を足で踏んで風呂釜にそっと沈んだ。

「ああー、最高だ」

お湯は熱く、心身共にほぐれるよい頃合いだった。お湯を堪能し、身体の隅々まで点検した。泥田坊に泥をかけられたが、幸い火傷にはなってないようだった。怪我もないし、足首にちょっとした青痣ができていたくらいだ。

(大和さん、大丈夫かなぁ)

お湯で顔を洗い、佑真ははぐれた大和と都を思った。我慢して一緒に来ていれば、彼もこのお湯に浸かれたのに。

早く見つかりますようにと祈り、佑真は鼻唄を歌いながら風呂を楽しんだ。

順番に風呂を楽しみ、さっぱりしたところで女性が三人分の膳《ぜん》を運んできた。夕食は鯖《さば》の煮付けに季節の和え物、白米に味噌汁という内容だ。ここに来てから初めてのまともな食事といっても間違いない。

「やぁ、美味しいな！」

佑真は蓮と颯馬と向かい合って食事をし、笑顔になった。むろん五つ星の料理というわけではなかったが、一日目と二日目の食事内容と比べ、人間が食べられるものというだけで美味しく感じられる。佑真たちが食事をしている間にシュヤーマも風呂を堪能したらしく、新しい黒の漢服に着替え、さっぱりした様子だ。

「あの、大和さんたちはどうなりました？」

夜も更け、落ち着いた頃を見て、佑真はシュヤーマに尋ねた。シュヤーマは耳を欹《そばだ》てて首を左右に揺らしたが、眉根を寄せた。

『まだ見つかっていないようだ。だがじきに見つかるだろう。都はともかく、あの大和という男は印がない。ここでは目立つからな』

シュヤーマはあまり大和に関して心配はしていないようで、そっけなく答える。

「そうですか……」

吉報が届くのを待つしかないので、佑真たちはおとなしく引き下がった。

膳を片づけた女性がやってきて、押し入れから布団を取り出す。佑真も一緒に部屋に布団を敷くのを手伝った。八畳の部屋に二つの布団を並べ、もう一つは二つの布団に沿って敷いた。布団もふっくらしてちゃんと干してある。嫌な匂いは一切しない。

『こちらもどうぞ』

布団を敷いた後、女性がお盆を持ってきて、壁際へ除けたテーブルに飲み物の入った陶磁のグラスを置いた。

「何ですか?」

覗き込むとジュースのようだ。

『林檎味です』

女性はにこやかに言って、一礼して去っていった。

「林檎味のジュースですか?」

颯馬が嬉々としてグラスを傾ける。美味しそうにごくごく飲み干した颯馬は、グラスを置くと、カーッと真っ赤になった。

「だ、大丈夫か?」

一瞬にして顔色が赤くなった颯馬に焦り、佑真はその身体を抱き留めた。颯馬はぐらぐらしている。

「うう。カッカします」

とろんとした目で颯馬が言い、慌てて蓮がグラスに口をつけた。

「これ、お酒じゃないか」

一口飲んで、蓮が呆れて言う。ジュースと勘違いして、颯馬は全部飲んでしまった。

「大丈夫かな？　急性アルコール中毒とか、ならないか？」

ぐでんぐでんになっている颯馬に水を飲ませてから布団に寝かしつけ、佑真は青ざめた。

「うーん。そこまで強いお酒じゃないと思うけど……。佑真も飲んでみて」

蓮に首をかしげられ、佑真もグラスに口をつけた。確かにアルコール度数はそれほど高くなさそうだ。口当たりもいいし、美味しくてごくごく飲んだ颯馬の気持ちも分かる。

「ふわああ。いい気持ちです」

颯馬はぽーっと赤くなった頬を擦り、表情を弛める。酔っ払ったようだが、とりあえず大丈夫だろう。吐き気もないし、体調も悪くはないようだ。

「妖怪の世界だと、子どもも酒を飲むのかもな」

女性が好意で酒を運んできただけだと判断し、佑真は颯馬を寝かせて様子を見ることにした。颯馬はすぐにぐっすり眠ってしまい、声をかけても目を覚まさない。

「颯馬は大丈夫そうだね。俺たちも寝よう」

颯馬の頭を撫でて、蓮が言う。昨夜は身を寄せ合って横になることもできなかったので、ふかふかの布団に寝られるだけで感動する。佑真も疲れを感じて、まだ九時だというのに早々に布団に潜った。

横になったとたんに猛烈な眠気に襲われ、佑真は深い眠りについた。夢も見ずこんこんと眠り、何かの拍子でハッと目が覚めた。

目を開けると、見慣れぬ天井と颯馬の寝息が聞こえる。部屋は薄暗く、隅に置かれた行灯の明かりだけがついている。隣の布団で寝ていた蓮が寝返りを打って、かすかに目を開ける。

「……起きちゃったの？」

あくびをしながら蓮に聞かれ、佑真は頷いて腕時計を見た。時刻は丑三《うしみ》つ時だ。しっかり眠ってしまったので、目が冴えた。

「颯馬は……大丈夫そうだな。熟睡している」

間違ってお酒を飲んだ颯馬は、すこやかな寝顔を見せている。安心して佑真は伸ばした首を引っ込めた。

「大和さん、大丈夫かな」

暗闇の中、蓮に小声で話しかける。

「姉さんがすぐに追いかけたから大丈夫だと思うけど、明日また聞いてみよう」

蓮も颯馬を起こさないように囁くような声だ。佑真はもっと蓮に近づきたくて、隣の布団にじりじりと寄った。

「……こっち来る？」

佑真が寄ってきたのに気づいて、蓮が布団をまくり上げて言う。薄闇の中、はだけた浴衣と蓮の美しい顔が目に入り、胸がときめく。

「まるでご褒美スチル絵のようだよ」

うっとりして佑真が言いながら布団に潜り込むと、蓮が首をかしげる。

「スチル絵って何？」

ゲームをやらない蓮には聞き馴染みのない言葉だったようだ。蓮の布団は温かく、佑真は蓮の首筋に鼻先を押しつけて匂いを嗅いだ。

「うーん、ムラムラしてきた」

蓮に抱きつき、小声で呟く。蓮の手が佑真の髪を撫で、額に軽くキスをする。

「する……？」

指先で佑真の耳朶を揉みながら、蓮が甘く聞く。佑真はちらりと頭上で寝ている颯馬を見上げた。あまり寝相はよくないようで、颯馬は布団からはみ出している。

「声、出ちゃうから無理だな……。さすがに十歳児だと何してるかばれるよな」

蓮の熱を感じたいのは山々だったが、同じ部屋に颯馬もいる。ここは諦めるべきだろうと佑真は蓮の身体に密着しつつ、ため息をこぼした。

「佑真が声、我慢すればいいんじゃない？」

蓮の手が腰に回り、浴衣の裾をまくり上げて下着の上から尻を揉む。大きな手で強めに揉まれ、佑真は赤くなった。

「無理だってぇ……。絶対すごい声、上げちゃうよ」

蓮の頬に頭を擦りつけ、佑真はその手を止めようとした。けれど蓮の手は尻から離れず、下着越しに尻の狭間を撫でてくる。

「ちょ、蓮……ん」

ぐりっと尻の穴を押され、佑真はびくりと腰を揺らして文句を言おうとした。すると蓮が唇をふさいでくる。音を立ててキスをされ、佑真は目がとろんとして蓮にしがみついた。蓮のキスは上手くて、柔らかく噛まれたり、舐めたり、吸われたりすると気持ちよくて頭がぼーっとなる。

「ん、む……、ん」

舌を絡めるようなキスの合間に、下着の中に指が入り込んでくる。直接尻の穴を指で刺激され、佑真は息を詰めた。

「う……っ、やば、い」

上顎を舌で舐められ、ぞくぞくしてきて佑真は身をすくめた。尻の穴に指がずぷりと潜り込んでくる。太くて長い蓮の中指は、慣れた仕草で内部を掻き混ぜてくる。

「ね、佑真。静かにやればばれないから」

からかうような響きで蓮に囁かれ、はだけた浴衣の衿を広げられる。乳首を軽く摘まれ、佑真は唇を噛んだ。蓮の匂いが濃くなってきて、身体の芯が痺れていく。まだ少ししか弄られていないのに、蓮にくっついていたら性器が勃起した。

「もう濡れてるじゃない」

耳朶を甘く噛んで、蓮が小さく笑う。内部に入れた指を動かされ、佑真は頬を紅潮させてびくびくと身悶えた。蓮と会うまでは性的なものに対しては淡泊だと思っていたのに、今では匂いを嗅ぐだけで濡れる身体に変わった。

「ううー……、蓮、声大きくなったらふさいでくれ」

蓮の指の動きで腰をびくつかせながら、佑真は懇願《こんがん》するように言った。十歳児の颯馬にはまだ性教育は早すぎる。なるべくならばれないように事を終わらせたかった。

「ん、分かった。佑真、向き変えて」

弛んだ表情の佑真を愛しげに見つめ、蓮が一度尻から指を引き抜いて言う。佑真は蓮に背中を向ける形になり、布団を上までずり上げた。颯馬が起きても、何をしているかばれないようにしなければならない。

「入れるとさすがにまずいから、素股でやろう」

耳元で蓮が囁き、佑真の下着を太もものところまで下ろしてくる。布団の中で浴衣はほとんどまくり上げられ、背中に蓮が密着してくる。ふうっと蓮が熱い息をうなじにかけ、背後でごそごそしている気配がした。

「ん……っ」

尻のはざまに蓮の性器が押しつけられる。いつの間にか蓮も勃起していて、硬くて熱いものを擦りつけてくる。

「佑真……」

耳元で蓮が熱っぽい声を出し、側位の状態でゆっくりと腰を動かす。性器の先端が尻のはざまを滑り、尻の穴や袋を擦っていく。

「ん、ん……」

蓮の手が胸元を探り、乳首をぐねぐねと捏《こ》ねられる。蓮とこういう関係になってから、乳首は佑真の性感帯になった。指先で弾かれ、引っ張られ、腰に甘い電流が走る。

「乳首、気持ちいいね？」

尖った乳首を軽く引っ張りながら、蓮が笑う。佑真は自分の口をふさぐのに必死で、真っ赤になってこくこくと頷いた。両方の乳首を弄られて、体温が上がっている。

「お尻、すごい濡れてきた」

乳首への刺激を絶え間なく続けられ、蓮が腰を揺らすたびに濡れた音が聞こえてくるようになった。

「ど、しよ……、布団、汚すかも」

佑真は息を荒らげ、かすれた声を上げた。蓮のカウパーだけではない、佑真の愛液が尻の穴から垂れてきているのが分かったのだ。

「ん……、すごく濡れてきて、入っちゃうかも……」

蓮の息遣いが乱れてきて、時折佑真の尻の穴に性器の先端がぐっと押しつけられる。さすがに挿入されたら大きな声が上がってしまうと焦ったが、颯馬に聞かれてはまずいと思えば思うほど、身体が敏感になっていく。

「入れていい……？　佑真、駄目……？」

性器の先端を尻の穴に引っかけながら、蓮が熱い息をこぼす。佑真はドキドキして目を潤ませて、「駄目、駄目」と上擦った声を上げた。

蓮は佑真の腰を引き寄せ、性器の先端をぐっと押し込んでくる。熱くて太いものがいきなり入ってきて、佑真はびくびくっと大きく背中を反らした。

「ごめん、入れちゃった……はぁ、中、熱い」

息を荒らげつつ、蓮はどんどん性器を中に押し込んでくる。たいして愛撫されていないのに、内部は柔らかく弛んでいて、蓮の熱を受け入れてしまう。

「や……っ、駄目って言ったのにぃ……あっ、あっ」

抵抗しようと思っても、腰から下が甘く痺れていて、喘ぎ声しか出てこない。蓮は中ほどまで性器を埋め込むと、はぁはぁと息を乱し、颯馬のほうを窺う。

「大丈夫、熟睡してるから……。でも声、我慢して」

繋がった状態で背中から抱き込まれ、佑真はぼーっとした頰を擦った。身体の内部に蓮の熱が埋め込まれている。どくどくと息づくそれは、佑真の理性を失わせる。気持ちよくて内部を無意識に締めつけてしまう。

「う……っ、佑真、それやばい」

銜え込んだ性器を締めつけるたび、蓮の声もかすれていく。入れているだけで、腰が蕩ける。

「うう、気持ちいいよぅ……、あ……っ、あ……っ」

必死に口をふさいでいるが、蓮の腰が軽く揺れるだけで、身悶えてしまう。佑真は肩で息をしながら、颯馬のほうを見上げた。寝息が聞こえるのを確認して、少し安堵する。

「ゆっくり動くから……ね？」

耳朶をしゃぶって、蓮が言葉通りじれったいくらいの動きで腰を突いてくる。もどかしい感覚により一層感じてしまって、佑真ははぁはぁと息を喘がせた。

「……ッ、……ッ、ひぐ……っ」

ぐっと奥まで性器が入ってきて、優しく内壁を突かれる。この状態に蓮もすごく興奮していて、いつもより性器が大きくなっている。先端の張った部分で内部をぐりぐりとされると、佑真は大きくのけ反った。

「や、あ……っ、……っ」

蓮の手が胸元に再び回り、乳首を摘まれて、思わず甲高い声が漏れた。耳元で蓮の乱れた息遣いがする。

「佑真の匂い、濃くなってきた」

上擦った声で蓮が呟き、腰を突き上げてくる動きが速くなっていく。佑真は声にならない声を上げ、目尻から生理的な涙をこぼした。乳首と内部を刺激され、全身から発汗している。布団で覆っているが、蓮の動きが激しくなっていて、肉を打つ音が漏れている。

「ひ、ぐ、……っ、あ……っ、あ……っ」

全身が性感帯になったみたいで、触れている部分が全部気持ちよくなっていた。うなじにかかる蓮の息にさえ甘く蕩けて、佑真は四肢を突っぱねた。

「あああ……っ‼」

奥を突き上げられた瞬間に抗えない快楽に引きずられ、佑真は布団の中で射精した。とっさに浴衣で精液を受け止めてしまい、嬌声が漏れてしまった。すぐに蓮が大きな手で口をふさいできて、さらに奥へ性器を押し込める。

「ふ……っ、は、う……っ‼」

内部で蓮の性器がひときわ熱くなり、どろりとした液体を注いでくるのが分かった。蓮の性器が脈打っているのが伝わってくる。佑真も激しく息を喘がせていたが、蓮も肩を震わせるほど激しく息をしている。

「……うう」

甘い余韻に浸っている最中、颯馬の寝返りを打つ音と声がした。佑真も蓮もびくっと震えて固まった。

「すー……」

しばらくすると颯馬の寝息がまた聞こえてきて、どっと汗を掻きながら弛緩する。どうにかばれなかったようだ。

「くく……、やばい、すごい興奮した。ごめん。ゴムしてない」

蓮が堪えきれなくなったように笑い出し、耳元で囁く。

「俺も……。やっぱ生のほうが気持ちいいな」

佑真も紅潮した顔を肩越しに向けた。蓮が唇を寄せてきて、ついばむように口づける。ずるりと蓮の性器が抜けていくのを残念に思い、佑真は火照った身体を持て余した。

◆4　天邪鬼との再会

夕食がまともだったので朝食も期待していたが、運ばれてきた膳には塩むすびと漬物、温泉卵が並んでいた。人間に化けているだけあって、ここの主は人間の食事を理解している。塩が少し薄いとか漬物の味が薄いとかはあるが、まともに食べられるだけで御の字だ。

朝食を終えた頃にシュヤーマがやってきて、肩に乗っていた黒い鳥を見せた。

『シャバラと連絡がついた。都と大和は無事だ。だいぶ道を逸れたので山を迂回《うかい》して合流すると言っている。明後日の宿で落ち合うことになった』

シュヤーマは伝達してくれた黒い鳥を肩に乗せて言う。

「よかったぁ」

佑真は蓮と颯馬と顔を見合わせて安堵した。二人が無事でよかった。予定とは違う行動になったが、明後日の夜には元気な顔が見られるだろう。

『では出発するぞ』

支度を終えた佑真たちを見やり、シュヤーマが管狐に挨拶をして宿を出る。綺麗な水が使えたのもあって、下着類を旅館で洗濯できたのは大いに助かった。四日目ともなると旅も妖怪の里の景色も見慣れてきて、足取りも軽くなった。昨夜ぐっすり寝たのが効いている。

街道を歩いていると、だんだん民家が増えてきて、それに伴い空も明るくなっていった。最初の三日はほとんどどんよりした空だったが、今は曇りくらいの明るさになっている。それは閻魔大王の棲むといわれる中心地に近づくにつれ、如実になった。しかも、露店もちらほら出てくるし、妖怪の行き来も増えている。妖怪たちは佑真たちを見つけると物珍しげに近寄ってくる。それを追い払うシュヤーマは大変そうだ。

「この辺りは活気があるんですね」

佑真は露店が並ぶ道を通る際、シュヤーマに声をかけた。二足歩行している妖怪は着物を着ているし、下駄を履いているものもいる。露店に並ぶものは虫から鉱石、何かの生き物の肝までさまざまだ。颯馬は興味深そうに露店を覗き込み、蓮に引っ張られている。

『閻羅王のおられる泰山府《たいざんふ》はもっと栄えている』

シュヤーマは自慢げに胸を反らす。

「えっ⁉　閻魔大王って地獄に棲んでいるんじゃないんですか⁉」

佑真はびっくりして聞き返した。閻魔大王といえば、死者の生前の行いを読み上げて行き先を裁く冥界の神というイメージだった。てっきり地獄に棲んでいると思っていた。

『それはあくまで職場であって、ちゃんと住んでいる屋敷もあるし、休日には書を嗜んだりしておるぞ』

呆れたように言われ、佑真は目からうろこが落ちた。確かに休みもなく地獄に居続けるなんてブラック企業そのものだ。冥界の神でも休日は必要だろう。

景色を楽しみながらのんびりと歩き、昼には団子を売る店で休憩になった。団子は少し硬すぎて嚙むのに顎が疲れたが、妖怪の里にも団子屋があるのが不思議でならなかった。妖怪はじめじめしたところで身を潜めているものだと思っていたが、この辺りにいる妖怪は髪を結って、簪《かんざし》を挿すなどのお洒落もしているし、派手な着物を身につけ、虫を捕まえて遊んでいる子どもの妖怪もいる。見た感じは日本昔話の風景だ。

「妖怪の里って面白いです」

颯馬は蓮に肩車してもらいながら、楽しそうに言った。

「ああ。俺も面白い。タイムスリップしたみたいだな」

佑真も同意すると、蓮が見かねたそぶりで首を振った。

「面白いところじゃないぞ。危険なところなんだから、勘違いしちゃ駄目だよ。シュヤーマさんがいるから安全だけど、いなかったら印のない佑真はすぐ食われちゃうからな」

蓮はシリアスな顔つきで佑真たちに言い含める。緊張感が薄れていたので、それもそうだと気を引き締めた。

「今の父親っぽい。すごくいいよ。やっと自分の子だって実感湧いてきたのか？」

佑真は颯馬を肩車する蓮に熱い視線を注いだ。四日目ともなると、蓮も颯馬に馴染んだみたいで、すっかり親子っぽくなった。

「すぐ順応する佑真が変なんだよ。大体、大和さんがすごく情けない感じになってるけど、あれがふつうの反応だからね？」

颯馬の細い脚を支えながら蓮がじっとりと見つめる。

「俺は非日常にいる蓮と颯馬を見てるだけで、飯が三杯食えそうだよ」

蓮と颯馬の写真をスマホに収めながら佑真は笑った。この調子でいろいろな蓮を撮っていけば、新たな写真集を作れるかもしれない。やはり被写体がいいと、どんな風景も絵になるものだ。

「言っとくけど、多分元の世界に戻ったら、写真全部消えてると思うよ」

蓮が哀れむようにそっと耳打ちしてきた。

「えっ！　マジかよ！」

佑真が絶望的な表情で大声を上げると、くるりとシュヤーマが振り返る。

『蓮の言う通りだ。かくりよで撮ったものなど残るわけがなかろう』

シュヤーマは最初から知っていたらしく、意地悪い笑みを浮かべる。たくさん撮り溜めた蓮と颯馬の写真が消えてしまうと知り、佑真はがっくり落ち込んだ。ここでしか堪能できないなんて、国宝級の損失だ。思わず涙ぐんで、スマホの写真を見返してしまった。

「そんなに落ち込むんだ……？　十年後には颯馬の写真がいくらでも撮れるんだから、元気出して。俺に至っては、いつでも撮れるでしょ？　そんなに妖怪の里の背景が欲しいの？」

戸惑い気味に蓮が佑真を覗き込む。

「お前は分かってない！　この日、この時、この刹那《せつな》で生み出される輝きを永遠に残しておきたいという俺の気持ちが！　俺は景色を撮りたいんじゃない！　二人を撮りたいんだ！　同じ一瞬は二度と来ないんだからっ」

佑真が涙ながらに言うと、蓮と颯馬が顔を引き攣らせる。

「うん……確かに分からない……」

「僕も分かりません……」

ドン引きしている蓮と颯馬を無視して、佑真は映像を脳裏に焼きつけようと凝視した。

「おっ…と」

スマホを見ながら歩いていたせいか、佑真は足下の石に引っかかった。派手に地面に滑り込み、

「痛っ」と呻く。膝を擦った。

「ながら歩きするから」

蓮が手を伸ばそうとした時、露店に群がっていた妖怪たちがいっせいにこちらを振り向いてきた。それまでちらちらと珍しそうに人間である佑真たちを窺っていたものだけでなく、こちらを気にも留めていなかったものまでふらふらした足取りで近づいてくる。狐や狸《たぬき》といった動物の妖怪から、女性の姿に似た妖怪、一つ目小僧までさまざまな妖怪たちだ。

「な、何だ?」

異様な雰囲気に佑真は痛む膝を擦りながら立ち上がって、蓮にくっついた。シュヤーマが険しい顔つきで佑真の前に立ちはだかる。

『お前、出血したか?』

肩越しに聞かれ、ズボンをめくると膝下が擦り剝いて血が出ているのに気づく。

「あ、はぁ。でもちょっとですよ?」

『お前の血の匂いで、妖怪たちが理性を飛ばしそうになっている。すぐ手当てしろ』

シュヤーマは腰から剣を抜き、急かすように言う。蓮が青ざめ、颯馬を下ろして、リュックサックから絆創膏を取り出す。

『この者に害をなす者は、閻羅王から処罰してよいと言われておる!』

じわじわ近づいてきた妖怪たちに、シュヤーマが高らかに叫ぶ。その声で大半の妖怪たちは理性を取り戻し、すごすごと引き下がった。だが知性の低そうな人型ではない妖怪たちが、よだれを垂らして手を伸ばしてくる。佑真は焦ってズボンをまくり上げると、持っていたペットボトルの水で傷口を洗い流し、絆創膏を貼った。たいした怪我ではない。血といってもごく少量だ。それだけで妖怪たちは目つきが変わるのか。

「ひえっ!」

背後でシュヤーマが剣を振り下ろしたのが分かり、同時に真っ黒い塊が転がってきた。近づいてきた妖怪の首を刎《は》ねたらしい。振り向くと汚れた着物を着た首から下の生き物が地面に倒れている。シュヤーマは懲りずにすかさず寄ってきた狸っぽい顔の妖怪も斬り捨てた。

「佑真、離れないでね」

低い声で釘を刺され、近づいてくる妖怪たちを蓮が睨みつける。幼い颯馬まで、佑真を背中にかばう。

『何事か！』

緊迫したムードの中、慌ただしく駆け寄ってくる黒い制服を着た団体がいた。顔は人間だがそれぞれ耳や尻尾がある。昔の軍服みたいな衣装なので、おそらく警備隊だろう。彼らが来たとたん、佑真に近づこうとした妖怪たちはすべて消え去った。

『これはシュヤーマ殿』

黒い制服を着ている中でボスらしき大柄な身体の妖怪がシュヤーマの前に膝をついた。シュヤーマは剣先をハンカチで拭って、鞘《さや》に収める。

『彼らはこの町の警備隊だ』

シュヤーマが佑真たちに小声で教えてくれた。

『閻羅王の使いをしている。襲いかかろうとした妖怪たちを斬り捨てた。死体の処分を頼む』

シュヤーマが淡々と述べると、膝をついた警備隊のボスらしき妖怪が『分かりました』と部下たちに顎をしゃくる。シュヤーマが斬り捨てた妖怪たちは、筵《むしろ》に包まれて、彼らが運んでいった。

『そちらが例の……これはまずいですね。大変、よい匂いがする』

警備隊のボスらしき男が佑真をじっと見て、無意識のうちに舌なめずりする。

『宿まで護衛を頼んでよいか？』

シュヤーマが言い、ボスらしき男が頷いて、佑真たちの周りを囲む。どうやら宿まで送ってくれるようだ。一息ついて、佑真はスマホをしまった。これからはちゃんと足下を見て歩こう。それにしてもあの程度のかすり傷で、妖怪たちがおかしくなるとは思わなかった。それもこれも印がないせいだろうか？

警備隊に囲まれながら、佑真たちは街の中央にある宿屋へ向かった。今日泊まる宿はいかにも老舗旅館といった築地塀に囲まれた建物だった。雄々しい松の木が二階の出格子《でごうし》に枝を伸ばしている。正面玄関の軒の上に『つるや』という旅館名の看板が掲げられていて、期待が湧いた。

『まぁ、お待ちしておりました。ようこそ、つるやへ』

格子戸を開けると、着物姿の女性が出てきて指をついて出迎える。見た目は若い女性に見えるが、ふさふさとした尻尾が揺れているので、狐狸《こり》の類いだろう。

『では我々はここで。何かありましたら、ご連絡下さい』

警備隊のボスがシュヤーマと佑真たちに向かってぺこりと頭を下げる。佑真たちは何度も礼を言って彼らと別れた。

『つるや』は申し分のない宿屋だった。廊下も綺麗だし、案内された部屋は藺草《いぐさ》の匂いがする綺麗な和室だった。しかもここには温泉があるらしい。仲居や従業員に尻尾がなければ、ふつうの宿屋と見紛うレベルだ。

『この宿にいる限り、問題はなかろう。くれぐれも、外に出るなよ』

シュヤーマは何度も念を押し、部屋から去っていった。和室には佑真と蓮と颯馬だけになり、身も心も安堵した。

「せっかくだから、温泉に入ろうか」

蓮が提案し、佑真も颯馬も一も二もなく頷いた。宿の用意した浴衣に着替え、巾着袋に必要なものを入れて、佑真たちは一階の中庭にあるという温泉に足を向けた。ちゃんと脱衣所もあるし、厠もあるし、タオルまであった。人間のものと大差ない。

「いやぁー、旅はいいなぁー。新婚旅行っぽくなってきた」

洗い場で綺麗に身体を洗い、佑真は温泉に浸かって明るく言った。温泉は白く濁ったもので、効能については書いてなかったが、疲れた身体が癒やされていく。岩で囲ったなかなか大きな温泉だ。佑真たちの他は誰もいなくて、まるで貸し切り風呂だ。

「ちゃんとした新婚旅行は今度行こうね。まぁ、同業者としては気になるな……。後でいろいろチェックしておこう」

蓮は温泉場の造りとか、脱衣所の備品などが気になるらしく、目を光らせている。颯馬は湯が熱いのか、真っ赤な顔で沈んでいる。

「颯馬は自分の家が変わっていることについて、どう思ってるんだ？　学校じゃ、変人呼ばわりされてないか？」

湯に浸かりながら、佑真は気がかりだった質問をした。蓮も都も、幼い頃から悪い噂を立てられてつらかったと言っていた。子どもは異質なものに敏感だ。幼い頃から妖怪と過ごしているせいで、学校で浮いていないか心配だ。しかも両親が両方男というありさまだ。

「そういう子もいますけど、僕は顔がいいので、クラスの女の子がかばってくれます」

さらりと颯馬に言われ、我が子ながらイケメンぶりに圧倒された。颯馬の態度を見ていると、きっとクラスの女子の前では紳士なのだろう。処世術は自分より上かもしれない。

「それに検査でアルファと分かったので、クラスの男子も僕に一目置くようになってます」

胸を張って颯馬が言い、佑真は思わず頰を手で押さえた。

「お前、アルファだったのかぁ‼　すごいじゃないか！　さすがだよ！　俺の血を引いてなくてよかったたぁ！」

颯馬がベータではないかというのが佑真にとってひそかな悩みの種だった。顔は蓮に似てくれたが、第二の性別まで似てくれたかどうか分からなかった。自分のせいで颯馬が平凡なベータに成り下がったらどうしようと不安だったので、朗報だった。佑真は喜んで湯をぱしゃぱしゃ叩いたが、逆に颯馬はしょんぼりした様子でうつむいてしまった。

「颯馬、どうした？」

蓮が気づいて颯馬の頭を撫でると、うるうるした目でこちらを見てくる。

「佑ちゃんの血を引いてなくて、何で喜ぶのですか？」

颯馬に悲しそうに聞かれ、佑真は意味が分からず、蓮を振り返った。平凡なベータじゃなくてよかったと喜ぶのが悪かったのだろうか？

「佑ちゃんはいつも僕が佑ちゃんに似てなくて喜ぶけど、僕はすごく……悲しいです。自分の子じゃないって言われるみたいで嫌です」

ぐすぐすと涙交じりに言われて、佑真はあんぐり口を開けた。なるほど、そういう発想になるのかと目からうろこが落ちた。こちらとしては褒めているつもりだったが、颯馬からすれば似てないというのは嫌な意味で聞こえるかもしれない。

颯馬を育てている間、佑真の中にはある思いがあった。両親がどちらも男というのはきっと嫌なものだろう。他人から気持ち悪く思われたり、馬鹿にされたり、嘲笑の的になったりするかもしれない。だからなるべく颯馬が嫌な思いをしないように、公の場では目立たず、遠くから見守ろう。そもそも自分は推しを遠くから愛でたい志向が強いから、そのほうが上手くいくはず。

（そう思ってたんだけど……、颯馬は違うのか）

目の前で涙ぐんでいる男の子は、佑真の思いとは逆に、寂しさを募らせている。

（ああ、俺、やっと分かった。自分の子だって実感が湧かなかった理由）

赤ちゃんの颯馬と一緒に過ごしている間、自分の子だという実感がなかったのは、自分の子だと思ってはいけないという心のブレーキが発生したからだ。こんなに可愛くて将来イケメンになりそうな子が自分の子だなんて、おこがましい。そう思って、心で一線を引いていた。

一番大事な颯馬の気持ちを考えていなかった。

「佑真は自己評価が異常に低いから、ついそんなことを言っちゃうんだよ。でも愛情はたっぷりあるからね」

蓮が颯馬の頭をぐしゃぐしゃと掻き回して笑う。

「愛情は感じてます。変な方向だけど……」

颯馬が目元を拭って言う。おそらく未来の自分はこの子を推し第二号として愛でているだろう。容易《たやす》くそんな光景が浮かんで、佑真は頭を掻いた。

「ごめんな、颯馬」

颯馬に対する申し訳なさが募って、佑真は颯馬を抱きしめた。小さな頭にぐりぐりと額を擦りつけ、颯馬の濡れた目元を拭う。

「俺の中にはアイドル不可侵条約が存在しているんだよ。推しを自分と同じ世界に置くのは恐れ多いというか、支えるだけで満足というか……。でも颯馬がそれが嫌なら、がんばって思考を変えていくよ」

佑真が決意を込めた眼差しを向けると、颯馬が乾いた笑いを漏らす。

「あの……その偶像崇拝、やめません？」

「何を言っているんだ！　お前みたいな可愛い天使が目の前にいたら崇拝するだろ！」

佑真が熱く語ると、蓮が大げさにため息をこぼす。

「思考を変えるんじゃなかったの？」

蓮に指摘され、佑真はしゅんとうつむいた。そう簡単に思考は変わらないという見本を見せてしまった。

「颯馬はよくこんないい子に育ったよ。佑真の賛美を毎日受けていたら、天狗《てんぐ》になって鼻持ちならない奴になっても仕方ないのに」

蓮が感心して颯馬の肩にお湯をかける。

「はい。佑ちゃんの賛美の後には必ず父さんが『今のは幻聴』とか『調子に乗るなよ』って釘を刺してくるので、僕も冷静に受け止められます」

子どもらしからぬ悟った笑みを向けられ、将来の自分たちの構図が目に浮かぶようだった。確かにあまり褒めすぎると、勘違い野郎になってしまうかもしれない。美形の上に性格もよいイケメン男子になってほしいので、ほどほどにしようと反省した。

親子三人で話していると、奥のほうからかすかな笑い声が響いてきた。視線を感じて振り向くと、いつの間にか湯船に客がいた。がりがりの身体をした仙人みたいな老人だ。白い毛がまばらに頭に乗っており、湯を手ですくって顔を濡らす。老人は面白そうな顔つきでこちらを見ていて、すーっと近づいてきた。

老人は蓮ににたりと笑いかける。

『お前は馨《かおる》の息子じゃないか？』

老人に話しかけられ、蓮が尻込みする。馨というのは女将の名前だ。知り合いなのだろうか？　ここがうつしよなら気安く会話するところだが、かくりよの温泉場では、警戒もする。風呂場なので裸で無防備だ。蓮と颯馬が佑真の前に移動してきて、老人と向き合う。

「母をご存じで……？」

蓮は慎重な態度で老人を観察する。

『ははぁ。私はね、昔、七星荘に行ったことがあるんだ。療養でね』

老人が気さくに話しだし、蓮は「以前、宿泊された方でしたか」と警戒をわずかに弛めた。

『その時は大変お世話になったものだよ。お礼に女将さんに嘘つきと嘘つきじゃない者を見分ける能力を授けたんだが、今、君の頭にその印が見えたからさ。だから女将の息子かなと思って、懐かしくて声をかけてしまったんだ』

にこにこして老人が語り、佑真は聞き覚えのある話に目をくわっと開いた。

「天邪鬼⁉」

佑真が叫んだのも無理はない。女将と蓮は、嘘をつく人間の顔が黒く見えるという能力を持っている。それを授けたのは天邪鬼だと言っていた。蓮も思い当たって、まじまじと老人を見ている。

「あなたが……」

蓮は何と言っていいか分からないと言いたげに口をぱくぱくした。天邪鬼というから、もっと小鬼っぽく角があるものと思っていたが、目の前にいる老人は佑真たちの世界にいても不思議ではないくらい、どこにでもいるただの痩せた老人に見えた。

『どうだい？　私のあげた能力は役立ったかい？』

老人は濡れた手で白髪を掻き、首をかしげる。

「それのせいで困ってるって言ったほうがよくないか？」

佑真はつい蓮に小声で囁いた。たいていの人の顔が黒く見えるなんて、生きていくのに困難だ。この能力がなければ、蓮はもっと美人な相手と結ばれただろうに。

「……昔は困ったこともあったけど、今は感謝、してるかな」

蓮は考え込んだ末に、はにかんで言った。何を言い出しているんだと佑真が口を挟もうとすると、とびきりの笑顔で振り向いてきた。

「この能力のおかげで佑真とも会えたし」

きゅんとする笑顔で言われて、胸がときめいた。自分と会ったことが不幸ではなく幸福なんて、つくづく蓮は変わっていると思う。きっと毎日美しい自分の顔を見ているから、見慣れてしまったのだろう。

『そうかい』

老人はすーっと近づいてくると、蓮の肩をぽんと叩いた。

『またいつか世話になるかもしれない。七星荘は万病に効くからね』

軽く会釈して、老人は湯から上がり、風呂場から出ていった。

「ふーっ、びっくりしました」

颯馬は妖怪に話しかけられ、ぐったりしたように佑真にもたれかかってくる。佑真も肩から力を抜いて、颯馬を抱き留める。

「まさか、ここで天邪鬼と会うとはなぁ。見た目はフツーだったな」

佑真は蓮の顔を覗き込んで言った。

「そうだね。帰ったら母さんに話しておこう」

再び風呂場には家族三人だけになり、のんびりと湯に浸かってくだらない雑談に勤しんだ。今夜の食事は何が出てくるのだろう。夕食に期待を寄せて、佑真は湯を跳ねた。


『つるや』はいい旅館だった。夕食も天ぷらやうどん、刺身の盛り合わせと豪華だったし、朝食は湯葉《ゆば》や高菜《たかな》で巻いたおにぎり、けんちん汁が出てきた。こうしてみると自分たちの食べるものと大差ない。『七星荘』で料理人をしている佑真からすれば、彼らに出すものにこれまで以上に自信が持てる。

「お世話になりました」

朝食の後、『つるや』を後にして、佑真たちは村の外れまで警備隊に見送ってもらった。村を出るとちゃんと街道が整備されていて、これまでよりは歩くのが楽だった。たまに勾配はあるが、なだらかな坂程度で、最初の頃の山道よりずっと楽だ。

「シュヤーマさん。もしかして『七星荘』って田舎にある秘湯的なものですか？」

昨夜寄った村の雰囲気を思い返して、佑真はシュヤーマに尋ねた。日が経つにつれ、妖怪も多くなっているし、道も整備されて、店や娯楽施設が目に入ってくる。最初の頃は岩山ばかりでまさに荒野という風景だったのに。

『今頃気づいたか。お前らの宿に行くのは、万病に効く秘湯を求めてだ。吾らからすると、ものすごい田舎にある』

歯を剝き出しにしてシュヤーマが言う。一見恐ろしげな顔だが、どうやら笑っていると分かった。シュヤーマは最初は無口だったが、旅を共にするにつれ、気心が知れてきたのか、よくしゃべるようになった。

『この次に出てくる街に今夜は泊まる。そこでシャバラたちと合流する予定だ』

地図を確認してシュヤーマが言う。昼過ぎに寄った街道沿いの村では、以前宿に泊まりに来たスライムが生息していた。巨大な色とりどりのスライムが跳ねながら村中をぐるぐる回っている。彼らはこの村から数日かけて『七星荘』まで来てくれたのかと思うと感慨深い。巨大スライムの村で昨夜泊まった宿で作ってもらった昼食をとり、休憩の後、再び街道を移動した。

日が暮れる前に、今夜泊まるという街に辿り着いた。

「うわぁー。都会だなぁ」

佑真が目をきらきらさせたのも無理はない。広さは間違いなく今までの中で一番大きくて、建造物も二階建てや三階建てがある。しかも茶屋や食堂、賭場まであるのだ。警備隊の屯所《とんしょ》もあるし、寺子屋もあった。さらにいえば、花街まである。

「すごいね、何となく記憶にある感じ」

蓮も華やかな街の様子に感心している。歩いている妖怪もさまざまで、耳や尻尾のある獣人系や、一つ目小僧、ろくろ首といった人型のもの、一反木綿《いったんもめん》や木箱に手足がついた付喪神《つくもがみ》系までいる。

「もはやカオスですね！」

颯馬は蓮に肩車してもらって、興奮している。市場もあって、食料品のみならず、風船や風車、簪や反物まで売っている。何かお土産に買っていきたいと思ったが、妖怪は妖怪のみで使う金子《きんす》があるらしく、手持ちのない佑真は買えなかった。シュヤーマは気を利かせてくれたのか、店が並ぶ通りへ佑真たちを案内した。

「いいなぁ……」

颯馬は羨ましそうに妖怪の売るおもちゃを眺めている。お面がずらりと並ぶ店があって、颯馬はちらちらとこちらを見る。

「あのー、シュヤーマさん。俺たちのお金ってここじゃ使えないんですかね？」

可愛い我が子が欲しがっているものが買えないなんて悔しくて、佑真はダメ元でシュヤーマに聞いた。

『買い物がしたいのか？　うつしよの金は、換金しないと使えない。換金所は、この近くにはないぞ』

シュヤーマの話では、佑真たちが使っているお金と妖怪の使っているお金を取り替える場所があるそうだ。いわゆる銀行的な場所が、隣町にあるとか。

「えー。じゃあ、ちょっとアルバイト、とか……」

換金所が遠いなら、小銭を稼げないかと提案してみる。

『駄目だ、駄目だ。お前らは一刻も早く閻羅王のもとに行かねばならないのに、働いている暇があるわけなかろう』

シュヤーマは辟易《へきえき》したように言い切る。

「そこを何とか。あ、じゃあ俺が持っている中で何か売れるものはないですか？」

佑真は思いついて、手を叩いた。人が持っているもので便利そうな道具があれば、妖怪も欲しがるのじゃないかと思いついたのだ。

「蓮だって、スマホの代わりに情報をもらったんだろ？」

佑真が肘をつつくと、蓮は苦笑する。

「ほぼ奪われたようなものだけどね。っていうか、スマホ渡す気？」

「うーん。大事な写真はすべてクラウドに保存してあるしな。ここで撮ったものが残らないなら、スマホを売ってもいいかな」

苦渋の思いで佑真が言うと、呆れ顔でシュヤーマが凝視する。

『そんなに金子が欲しいのか？　そこのお面が欲しいだけだろう？』

「えっ、買ってくれますか？」

期待を込めてシュヤーマに迫ると、しかめ面で手を振られる。

『何故吾が。そんな義理もない。ただ――コホン』

シュヤーマがちらりと佑真を見やる。

『お前の持ってきた羊羹……。あれを一本くれるなら、お面が三つ買えるほどの金子を渡してもよいぞ』

これ見よがしに言われ、佑真は目を丸くした。ひょっとして、あの羊羹をそんなに気に入ったのだろうか？　甘いものが苦手と言っていたような？

「何だ、それくらいいいですよ。羊羹は三本作ったので、一本残ってれば」

閻魔大王への手土産代わりに作った羊羹だが、一本残っていれば体裁は保てるだろう。羊羹くらいで我が子の望みが叶うなら容易い。

「はい、どうぞ」

佑真がリュックから羊羹を一本取り出すと、シュヤーマの尻尾がぶんぶん左右に動く。

『では代わりにこれをやろう』

厳めしい顔つきでシュヤーマが和柄の財布から金子を取り出す。厳かな雰囲気を出しているが、羊羹を受け取ったシュヤーマの尻尾が勢いよく振れてるので、喜んでいるのは明白だ。

「これが妖怪のお金か」

佑真はじっくりと金子を見つめた。銅でできた小銭で、穴が空いている。読めない文字と狐の顔が描かれていて、一体どれくらいの価値があるのか分からなかった。彼らが妖怪のお金を使っているということは、『七星荘』に来ている客は、わざわざ人間のお金に換金してやってきているということに他ならない。これからは妖怪たちに優しくしてやろうと心を改めた。

「俺の分も?」

お面屋から三つのお面を選び取り、佑真は蓮と颯馬に渡した。颯馬は一つ目小僧のお面で、佑真は狐の面、蓮は閻魔大王のお面だ。

『ちょうどいい、それを被っていれば妖怪っぽく見えるから、被っておけ』

シュヤーマに促され、佑真たちはそれぞれお面を被って宿まで歩いた。お面のおかげか、他の妖怪たちは佑真に見向きもしない。いい買い物をしたかもしれない。

今夜泊まる場所は、昨日にもまして格式の高い宿屋だった。レトロな外観に数寄屋造りの部屋で、テーブルや座布団、箪笥《たんす》に至るまで手入れが行き届いていた。宿には温泉もあり、宴会場やサウナ、娯楽施設まであった。温泉を堪能し、夕食の新鮮な刺身や焼き物や煮物を心ゆくまで口にした。

そろそろ寝る時間になって、やっと都と大和が宿に着いた。

「都さん！　大和さん！」

シュヤーマの連絡を受け、佑真たちは宿屋の玄関まで都と大和を迎えに出た。二人ともぼろぼろの身なりで、大和に至ってはげっそりやつれている。同伴していたシャバラは疲れたように肩を叩き、シュヤーマと鼻を近づけた。

「うう、ううう……っ」

「よかったぁ……ちゃんと会えた」

大和は佑真たちを見るなり、むせび泣き始め、都は安堵したのか、玄関先でへたり込んでいる。迂回ルートで来たせいか、かなり過酷な旅路だったらしい。危険な妖怪には会わなかったが、ひたすら悪路を使ったようだ。あれからぬくぬくと旅を楽しんでいたなんて言いづらい。

「大和、さん……？」

再び合流できたことを喜んでいると、蓮が戸惑ったそぶりで大和をじっと見ている。

「大和さんってそんな顔してたんだ……？」

蓮は大和に顔を近づけ、困惑している。

「どうした、今さら何を」

佑真が面食らって首をかしげると、蓮は頭を掻いて都の荷物を受け取っている。とりあえず今にも倒れそうな二人を部屋に案内し、別れた後どうだったか食事しながら聞いた。

「もうマジで死にそうだったっす。クソ、美味ぇー。昨日もその前もろくに食ってないから……っ。妖怪の飯とは思えねぇ。うまっ」

大和は食卓に出された料理を片っ端から平らげている。

「ホント、強制ダイエットさせられた気分。シャバラさんが言うには、途中で工事中の場所があって、ありえないほどの悪路を来たんだって」

都も大和に負けじと吸い物を咽に流し込んでいる。

「都さん、腹が減りすぎて草食ってたし」

大和が笑いながら里芋《さといも》の煮物に箸《はし》を刺す。

「大和君だって、得体の知れない木の実食べてたじゃない」

都が思い出し笑いをしている。

二人の様子に佑真は思わず微笑んで、蓮と颯馬にくっついた。別れた時はどうなることかと思ったが、雨降って地固まったのか、二人はいい雰囲気だ。サバイバルな道中だったのが逆に二人の心をくっつけたのだろう。これなら無事に閻魔大王に会うことができそうだ。

「不思議だなぁ……」

蓮は大和を見やって、納得いかないように呟いている。その呟きを気に留めることもなく、佑真は二人をねぎらってお茶を淹れた。

◆5　閻魔大王との謁見

　とうとう閻魔大王に会う日が来た。

　温泉と清潔な部屋で疲れを癒やし、手の込んだ朝食を食べて、閻魔大王に謁見するための身支度を調えた。佑真と蓮はジャケットにネクタイというきちんとした格好だが、大和は龍の刺繡が入ったスカジャンで、都はニットのワンピースだった。閻魔大王に会わない颯馬のほうが、大和よりちゃんとした身なりをしている。荷物はほとんど宿に残したが、閻魔大王に渡す手土産は風呂敷に包み直し、蓮に持ってもらった。閻魔大王に会った後はもう一度この宿屋に戻ってくる。

「とうとう、旅のハイライトだな」

　佑真は襟を正して、これまでの日々を思い返した。最初はどうなることかと思ったが、閻魔大王の謁見さえ無事すめば楽しい旅だった。

　閻魔大王の屋敷は隣町にあるそうで、宿を出ると、黒い制服を着た警備隊が待ち構えていた。護衛としてつき添ってくれるらしい。警備隊は黒い牛の頭に屈強な身体つきの男たちで、それぞれ帯剣してにこりともせず佑真たちの前後を固める。いかにも強そうな角が二本生えていて、背丈は全員二メートルはある。

「怖っ、圧、強っ」

大和は周囲を牛に囲まれて、猫背になっている。

「見覚えあると思ったら、出禁にした奴らじゃない」

都が警備隊を見やり、蓮にこそこそと話しかける。そういえば素行が悪くてブラックリスト入りした宿泊客がいたが、彼らは閻魔大王に仕える警備隊だったのか。

『ここが閻羅王の屋敷だ』

警備隊に案内されて辿り着くと、白い土塀に囲まれた瓦屋根に鳳凰《ほうおう》が載っている純和風なお屋敷が眼前に広がっていた。門の前には帯剣した警備隊の黒牛がいて、佑真たちの顔を確認して、重々しく門扉を開ける。

広い中庭には桜の木が多く植えられていて、大きな池の傍でちょうど咲き誇っている。庭の美しさを見る限り、閻魔大王は美意識が高いのだろう。これから妖怪を束ねる親分に会うのかと思うと緊張してきた。

『さて、ここで入れ替えるぞ』

シャバラが正面玄関で立ち止まり、颯馬の頭をむんずと掴んだ。とたんに黒煙が起こり、隣にいた佑真は咳き込んだ。気づくと颯馬の姿が消え、腕の中に重みがずしりと加わる。

「わわっ」

腕の中には久しぶりの赤ん坊姿の颯馬がいる。すやすやと寝ていて、ここがどこだか分かってないようだ。

「えっ、まだ颯馬に別れの言葉を言ってないのに！」

突然入れ替えられて、佑真は激しく抗議した。一応今朝この旅の総括として、礼や感謝の言葉を伝えておいたが、最後に別れの挨拶くらいさせてくれると思っていた。

『目の前にいるのだから、別にいいだろうが。さぁ、ゆくぞ』

シャバラは佑真たちの機微《きび》など興味がないらしく、使用人らしき妖怪が開けた扉の中に入っていく。颯馬を抱っこしながら、佑真は蓮と並んで屋敷に足を踏み入れた。玄関ホールには人の歩く場所にレッドカーペットが敷かれていて、奥に大きな扉がある。左にはらせん階段があって、階段の踊り場には帯剣した黒牛の警備隊が立っている。

『ようこそ、おいで下さいました。主がお待ちです』

黒いスーツ姿のすらりとした青年が現れ、佑真たちに軽く会釈した。尻尾もひげもないが、人間ではないと思う。銀縁眼鏡をかけ、茶色い髪を束ねている。

『シャバラ、シュヤーマ、ご苦労様です』

銀縁眼鏡の青年はシャバラとシュヤーマをねぎらうように、薄く微笑んだ。シャバラとシュヤーマは『はっ』と声を揃え、深々と頭を下げた。

銀縁眼鏡の青年はついてこいといわんばかりに、佑真たちに背中を向け、奥の扉を開いた。とたんにひんやりする風が奥の部屋から流れてきて、佑真も蓮も身震いした。息が白くなる。銀縁眼鏡の青年がどんどん先に行ってしまうので、佑真たちも戸惑いながらその後ろをついていった。奥の部屋はまるで冷凍庫だ。寒さで歯が鳴るし、腕の中の颯馬も震えている。おまけに周囲が暗くて、お化け屋敷の内部を歩いているみたいだった。両壁に明かりがなく、銀縁眼鏡の青年のいる場所だけがぼんやり光っている。部屋の広さも分からないし、どこを歩いているのかも謎だ。銀縁眼鏡の青年が光を放っているので何となく歩けるが、蓮や大和、都の顔もぼんやりとしか見えない。

「ささ寒い」

大和は都とくっついて歩きつつ、寒さを訴える。

「あああああの」

歯の根が合わず、佑真は颯馬を寒さから守りながら銀縁眼鏡の青年に声をかけた。

『おや、これは失礼』

銀縁眼鏡の青年が振り返り、寒さに震えている佑真たちに気づいて立ち止まった。

『人の子には危険な寒さでしたか』

銀縁眼鏡の青年は袖に手を入れ、パイプのようなものを取り出した。それに息を吹き込み、煙を吐き出す。暗闇の中、するすると煙が佑真たちのところに流れ込んできて、ふっと身体が温かくなった。煙は蓮や大和、都の身体も包み、皆の体温が上がる。

『すみませんね。昨夜から閻羅王のご機嫌が悪く、屋敷の中は冷気が漂っているんです。足元、お気をつけて』

佑真たちの震えが止まったのを見計らい、銀縁眼鏡の青年が再び歩きだす。ほうっと息を吐いて佑真たちもそれに倣った。

「……あの、どこまで行くのですか？」

五分ほど銀縁眼鏡の青年の後をついて歩いた佑真は、耐えかねて問うた。確かに屋敷の中に入ったのに、さらに五分も歩かされるのが理解できなかったのだ。五分といえば、徒歩でけっこうな距離だ。見た目は広そうだがふつうの屋敷に見えたのに、中が異常に広いのが不気味だった。おまけにずっと周囲が暗いので、どこを歩かされているのか分からない。

『屋敷内はとても広うございます。あやかしの道を通って、主のもとに参ります』

銀縁眼鏡の青年が、にこりと笑って教えてくれる。屋敷内が異空間なのだろうか？　謎は深まったが、蓮たちが黙り込んでいるので佑真もそれ以上聞かなかった。

（んん？　緊張してるのか？）

ふと見ると、蓮も都も大和も硬い顔つきで、ぎくしゃくした足取りで歩いている。周囲の暗さに怯えるようにちらちら視線を動かしているし、緊張感が漲《みなぎ》っている。

「大丈夫か？　どうしたんだ、皆」

見かねて佑真が聞くと、蓮が冷や汗を拭った。

「佑真は何も感じないの？　ものすごく怖い空気なのに」

蓮が小声で言う。寒さがなくなって、快適になったくらいしか思わなかった。

「私も駄目……。胸が押しつぶされそう……」

都もぐったりした様子で大和の手をきつく握る。

「おおお俺も、駄目っす……。怖い……怖い……」

一番わなないているのは大和で、小さな物音がするたびに、びくっと後ろを振り返っている。

三人の言う怖い空気というのが分からなくて、佑真は首をかしげた。

「え、ごめん。ぜんぜん感じない」

佑真がけろりとして言うと、三人から奇異なものを見るような視線を浴びた。もしかして霊感が強い人間だけが感じる何かではないかと佑真は思い当たった。大和も霊感が強そうだし、蓮と都は妖怪専門旅館でずっと働いてきた背景がある。

「颯馬を抱くか？　赤ちゃん抱いてれば、マシなんじゃ？」

佑真が癒やしの力になればと蓮に颯馬を渡すと、ものの数秒で颯馬が火がついたように泣きだした。さっきまで佑真の腕ですやすや寝ていたのに。

「ごめん、俺の恐怖感が颯馬に伝わってると思う。颯馬は佑真が抱いててくれる？」

青ざめた表情で蓮に颯馬を返され、そういうものかと受け取った。颯馬は佑真の腕の中で泣きやみ、また目を閉じた。

「暗がりに何かいる……いるぅ……」

大和は周囲の暗闇が恐ろしいらしく、ビクビクしっぱなしだ。

『あちらで、閻羅王がお待ちです』

暗闇の中に一条の光が差したと思うと、視線の先に赤い大きな扉が見えた。銀縁眼鏡の青年はすたすたと扉の前に立ち、音を立てて開ける。とたんに場が明るくなって、いつの間にか大理石が敷き詰められた広間に立っていた。舞踏会でも開くのかと思しき大きな部屋で、天井は高く、奥の間に数段高くなった舞台があり、玉座があった。玉座には一人の男が座っていた。その両隣に大きなうちわを煽いでいる獣の妖怪がいて、必死で玉座に風を送っていた。うちわには炎のマークがあって、それで煽ぐと温かい風が送られる。そうしないと閻魔大王からどんどん冷たい風が出てきて、周囲が凍りつくようだ。

『閻羅王、人の子が参りました』

銀縁眼鏡の青年が靴音を立てて玉座に近づく。レッドカーペットが敷かれる中を、佑真たちも倣って歩いた。近づくにつれ、閻魔大王の顔が見えてくる。銀縁眼鏡の青年は、玉座の二、三メートル手前で膝を折り、佑真たちにも跪《ひざまず》くよう指示した。颯馬を抱えながら膝をつき、佑真はドキドキして閻魔大王を窺った。

『面《おもて》を上げよ』

低いが魅惑的な声がして、佑真は顔を上げた。

玉座に座っている閻魔大王がこちらを見ている。白く整った鼻筋、薄い唇、黒く長い髪を頭の上で縛って背中まで垂らしている。黒地に赤のポイントが入った漢服を着て、頭に金のいかつい冠を載せているのだが、目元を覆い隠すマスクをつけていてはっきり顔が分からない。

佑真は閻魔大王を見て、電流が走った。

（アイマスクをつけていても、俺には分かる……っ、閻魔大王は超絶美形だ！　俺のイケメンセンサーがびんびん反応している！）

目を光らせ、佑真は閻魔大王に熱い視線を注いだ。できればアイマスクを外して素顔を見せてほしい。

『人見家の者たちか。印をもらいによく来た。道中ご苦労であった』

淡々とした声音で閻魔大王が述べる。佑真は手土産を渡そうと蓮に目配せした。ところが蓮は苦しそうにうつむいていて、佑真の合図に気づかない。よく見たら、都も大和も青ざめて冷や汗を流している。

「あのー、閻魔大王に手土産を持参しましたので、受け取っていただけますでしょうか？」

蓮があまりにも苦しそうなので、佑真はそっと風呂敷を受け取り、閻魔大王の前に掲げた。

『てみ……や、げ……？』

突然空気が硬くなったと思うと、閻魔大王の両隣で風を送っていた獣の妖怪（多分、イタチ系）が真っ青になって固まった。銀縁眼鏡の青年も驚いた様子だし、手土産はまずかったのだろうか？

『余に手土産か……ふふ。珍しい人の子もあったものだなぁ』

それまで機嫌の悪そうだった閻魔大王が、急に声を上げて笑いだした。妖怪の世界では手土産という概念がないのだろうか？

『よほど稀少《きしょう》なものなのだろうな？』

身を乗り出して閻魔大王に聞かれ、佑真は風呂敷包みを銀縁眼鏡の青年に手渡した。

「いや、ぜんぜん稀少じゃないです。俺の作った羊羹なので」

佑真がさらりと言うと、右隣の獣の妖怪が『手作り！』と呻き、泡を吹いて倒れてしまった。

『其方《そなた》の作った……？　ふーん……。そういえば七星荘の甘味が美味であると余も聞いている。では、心して食べよう』

閻魔大王は機嫌良く銀縁眼鏡の青年に微笑みかけ、風呂敷包みを奥へ持ってくるよう手で合図した。

『では印をやろうか。近くに来なさい』

閻魔大王に手招きされ、佑真は颯馬を抱っこしたまま近寄った。どうやって印をくれるのかよく分からなかったので、階段を上り、閻魔大王の目の前まで行く。

『頭を下げろ』

閻魔大王に促され、佑真は頭を下げた。すると閻魔大王の手が佑真の頭頂部に重ねられ、じわっと熱いものが内部に入り込んでくる。閻魔大王は続いて颯馬の頭にも手を置き、同じようにする。

『これで余の印がついた』

軽く手で払うようにされ、佑真は思わずにこっとした。

「ありがとうございます！」

元気よく礼を言うと、閻魔大王が顎を撫でて、まじまじと佑真を見る。

『其方……余が怖くないのか？』

感心したように聞かれ、佑真はとんでもないと首を横に振った。

「イケメンに焦がれることはあっても、恐れるなんてありえないですよ！」

快活に答えると、閻魔大王が笑いを堪えるように口元を手で覆う。

『ははぁ。なるほど。七星荘に嫁に来るだけの理由があったのか。面白いなぁ、人の子は』

口元を弛めて閻魔大王が言う。よく分からなかったが、印をもらえたので佑真は下がった。大和が次に閻魔大王の傍に近づいた。大和は見るも哀れなほど緊張していて、手前の階段で見事にすっころんだ。大和は泣きそうな顔で何度も謝り、閻魔大王の前に正座した。

『其方に与える印の期限は十年だ。十年後も七星荘で働きたければ、再び印をもらいに来い』

閻魔大王は大和の頭に手を重ね、意味深な言葉を投げかけた。佑真には無条件で印をくれたのに、大和には期限付きなんて、何か意味があるのだろうか。

『余の印はすべての妖怪を退けるもの。これからも七星荘に来る妖怪をもてなしてほしい』

ふらふらした足取りで大和が元の位置に戻ると、閻魔大王が厳かに述べた。佑真たちはその言葉を肝に銘じ、深く頭を下げた。

閻魔大王の屋敷を後にして、再び宿屋に戻ると、蓮も都も大和も、溜めていた息を吐き出して畳の上に倒れた。緊張感から解放されたのか、長距離マラソンを終えたランナーみたいにぐったりしている。

「閻魔大王ってあんな怖かったんだ⁉　子どもだったから覚えてなかった！」

都は潤んだ目で大和に抱きつき、叫んでいる。

「マジで俺、ちびったっす！　すっげ、こえー、こえーっ、目が合ったらヤられるって思ったから絶対目、合わせなかった！　つかずっと首絞められてるみたいな恐怖感だったのに、何でお兄さん平気だったんすか⁉　鈍いにもほどがあるでしょ！」

大和は顔を真っ赤にして、畳を拳で叩く。

「ホントだよ！　俺はもう佑真が何を言いだすのかと、心臓止まりそうだった！」

蓮も額を手で覆って、佑真を恐ろしげに見やる。三人とも極度の緊張にさらされ、生きた心地がしなかったようだ。

「そんなに大変だったのか……。じゃあ、マスク取った顔見せてもらえないかって言わなくてよかったんだな？」

三人の気持ちに同調できない佑真は、颯馬をあやしつつ言った。

「そんなの言ったら、殺されるだろ‼」

三人同時に叫ばれ、佑真はたじろいで肩を落とした。閻魔大王の態度はそこまで冷たいものではなかった気がするのだが……。昔から空気が読めないと散々言われてきた身なので黙っておいた。

「まぁ、何にせよ、こうして無事に印がもらえてよかったじゃないか」

あまりに皆の文句が多いので、佑真は笑ってこの場を収めることにした。かくりよの世界の旅行は目的を達成した。あとは家に帰るのみだ。

「せっかくだから、今日は観光して、明日帰らないか？　ねぇ、シュヤーマさん。それくらい、いいでしょ？」

宿屋についてきたシュヤーマにねだる。もう一泊したいなんて、図々しいと怒られるかもしれないと思ったが、シュヤーマは機嫌のよさそうな雰囲気だ。

『そうだな、印が皆にはあるからそれくらい構わないだろう。閻羅王からもよきにはからえと言われている。明日の朝、帰ればいい』

シュヤーマが軽く頷き、もう一泊できることになった。

『閻羅王の計らいで、帰りは羅刹鳥《らせっちょう》で七星荘まで運んで下さるそうだ。よかったな、閻羅王に気に入られたのだろう。閻羅王はあまり人間がお好きではないのに、珍しいことだぞ』
シュヤーマが誇らしげに胸を張る。羅刹鳥が一っ飛びで、運んでくれるのだそうだ。どんな鳥か知らないが、空路で行けるなら大変助かる。
「よーし、今日は妖怪の里を満喫しよう！」
佑真は嬉々として拳を上げた。それについてくる声はなかったが、佑真は満足感でいっぱいだった。

◆6　天邪鬼の言うことは

無事に『七星荘』に戻ってくると、やきもきと玄関前で待っていた女将が安堵して駆け寄ってきた。帰りは羅刹鳥という大きな鶴《つる》に似た鳥に運んでもらったので楽ちんだった。てっきり鳥の背中に乗って飛ぶと思っていたら、両脚で肩を摑まれるというけっこう恐ろしい運ばれ方だった。颯馬はきゃっきゃと喜んでいたが、羅刹鳥が両脚を離したらおしまいというスリル満点さだ。空から眺めた妖怪の里は、佑真が思うよりさらに広かった。佑真たちが移動した土地以外にも、遠くまで広がっている。次に来る機会があったら、きっと二人目の子どもができた時だろう。また遊びに来たいものだと内心思って空のドライブを楽しんだ。

女将は無事に全員戻ってきたことで、肩の荷が下りたようだ。

「母さん、大和君のこと、認めてよね！」

都が堂々と大和の腕に腕を絡めて言うと、さすがの女将も観念したのか、うなだれた。

「分かったよ、閻魔大王が認めたなら、アタシの出る幕はないね。好きにおし」

女将がサバサバした口調で言い、大和の頰も上気した。二人は見つめ合って、喜んでいる。

「十歳の颯馬ともっと話したかったね」

蓮は颯馬のおむつを替え、残念そうに言う。いずれ会えると分かっていても、佑真ももう少し話してみたかった。とりあえず今は目の前にいる赤ちゃんの颯馬に全力投球するしかない。

これですべて解決。何もかも上手くいった——。この時、佑真も、その場にいた他の皆もそう思っていた。それが間違いだったと気づくのは、佑真たちがうつしよに戻ってから一週間後のことだった。


その日は泊まり客がなくて、『七星荘』にしては珍しい休日だった。

蓮は岡山と一緒に食料品や備品の買い出しに行っていた。佑真たちの住む場所は山の上で、毎週軽トラックに乗って大和が食料品を運んでくれるのだが、そこでは賄いきれない品物もある。月に一度は蓮が車を出し、あれこれと大量に買い物してくるのが常だった。佑真は颯馬の面倒を見たり、温泉を堪能したりと過ごしていた。

夕暮れに戻ってきた蓮は、困惑した様子だ。

「人の顔がはっきり見える」

帰るなり、蓮が動揺して言う。最初は意味が分からなかったのだが、徐々に驚きが人見家に走った。蓮は天邪鬼のもたらした能力のせいで、嘘をつく人の顔が黒く見える。それがどういうわけか、どの顔を見ても黒くないというのだ。

「どういうことだい？　アタシはふつうにあのチャラ男は黒く見えるけどね」

夕食の席で女将が眉根を寄せる。蓮の能力が消えたので女将の能力も消えたのかと思ったが、そういうわけではないようだ。そこで、思い出した。妖怪の里で、天邪鬼と会ったことを。

「あのさ、温泉で天邪鬼に会ったよな……？　そこで何かされたんじゃ？」

颯馬に離乳食を食べさせつつ、佑真は言った。夕食の席には都もいたのだが、初めて聞く話だというので、二人に温泉に入っていたら、天邪鬼と会ったという話をした。

「え？　天邪鬼に能力は役立ってるか聞かれて、感謝してるって言った？」

女将がはーっと重いため息をこぼして、額をぺちんと叩く。

「それだよ。天邪鬼は反対の意味にとるんだ。あんたが能力を嫌がってると思って、取り消したんじゃないか？」

女将の一言に、佑真も蓮も顔を見合わせた。

「そうか……。逆の意味で言えばよかったのか……」

蓮は呆然としていて、箸が止まっている。今夜は蓮が買い込んできた新鮮な刺身が食卓に並んでいる。蓮は長いこと自分を苦しめていた能力だったせいか、突然それが消えて思考が追いつかないようだった。

「でもよかったじゃないか。顔が黒い人間と話すより、いいだろ?」

戸惑う蓮の肩を叩き、佑真は笑った。嘘つきかどうかを見破る能力を持っていたとして、会う人、会う人の顔が黒かったら、佑真だったらきっと世の中に絶望する。世の中に正直な人なんていないんだと人を信じられなくなるかもしれない。

「そう……だな」

蓮は小さく笑って、やっと箸を動かした。嘘つきかどうかが分かる能力なんて、蓮の仕事には関係ない。佑真はむしろよかったのではと思い、これから蓮が出かけるのが楽になるだろうと喜んだ。

実際、翌週には、蓮は高校時代の同窓会に行く気になっていた。これまであまり人との関わりを持たずにきた蓮だが、ちゃんと人の顔が見られるようになったので、記憶の擦り合わせをしたくなったそうだ。

同窓会は、四月の中旬に行われた。宿泊客がざんばらな髪の陰気な女性の妖怪だけだったので、蓮がいなくても問題なかった。佑真は颯馬を背負いながら裏山で山菜とりに励み、夜は女性のために桜餅を作った。女将と都も、客が一人なのでのんびりと仕事をしている。

蓮から電話がかかってきたのは、夜十時を回った頃だ。

『佑真、ごめん。飲んじゃったから、今日はこっちに泊まっていく』

機嫌のよい声で蓮が言い、背後から数人の男女の声がする。同窓会が高知市の繁華街で行われたため、蓮は車で出かけた。楽しそうな後ろの声が聞こえてきて、佑真はもやっと胸に黒いものが湧いた。

「飲んだのか？　飲まない約束だっただろ？」

佑真の声が尖ったのには理由がある。蓮は酔うとキス魔になる悪癖があるのだ。しかも同窓会――蓮を狙っている女性がいても不思議ではない。蓮はアルファで、見た目も抜群にいい。

『ごめん、いつの間にかお酒飲まされてた……。明日朝一で帰るから』

蓮は申し訳なさそうに言う。『二次会、行こうぜ』という浮かれた声が電話に割り込んでくる。

「あ、おい、ちょ……」

もう少し文句を言いたかったのだが、ごめんと何度も謝りながら蓮に電話を切られた。これから二次会なんて、ますます蓮がキス魔になる危険性が出てきた。佑真は気が気じゃなく、颯馬をあやしつつもスマホで蓮にメールを送った。

『怖い顔』

悶々としていると、いつの間にか横にいた座敷童に顔を覗き込まれた。

「え……っ」

自分が怖い顔をしていたのに気づかなかったので、佑真はびっくりして頬を手で押さえた。蓮のことを考えていたのに、怖い顔なんて……。

『蓮が心配なの？』

座敷童に首をかしげて聞かれ、佑真は布団に寝かせた颯馬をじっと眺めた。佑真が無言でいると、座敷童はしょんぼりした顔で部屋から出ていってしまった。

楽しげな蓮の声を聞いていたら、あることに気づいてしまったのだ。

これまで蓮は嘘をつく人の顔は黒く見えていた。けれどその能力が消えたことで、どんな人もはっきり見えるようになった。

（俺を選んだ理由が……消えてしまう）

そう思い当たると、ずんと胸に重苦しいものが沈んだ。佑真は嘘がつけず、空気が読めない奴と昔から言われていた。蓮は佑真の顔は輝いて見えると言った。だが、今やもうどんな人もはっきり見えるのだ。佑真のモブ顔なんて、段ボール箱に入っているジャガイモ程度のものに成り下がった。

（俺……モブだもんね）

改めてそこに気づき、ものすごく悲しくなった。そもそも蓮のようなアルファで人目を引く美しい容姿の男と結ばれるには無理があるくらい、自分は平凡だ。蓮と結婚したと言うと誰もがびっくりするし、あからさまに不似合いと言われたこともある。

（いやいや待てよ、そもそもこれは俺が望んだことじゃ？）

落ち込みかけた佑真は、ハッとして拳を握った。

蓮にプロポーズされた時は、自分ではなく蓮に似合う美しい人と結ばれるのを願っていた。妄想好きだった自分は、いつも蓮と美人な同僚や美人な芸能人を当てはめて喜んでいたのだ。モブ顔の自分では未だに妄想すると萎えてしまうし、蓮が美人に目覚めてくれたなら、いいことではないだろうか。

（そうだよな、何だか捨てられるんじゃとか、浮気されるんじゃとか考えちゃったけど、もともと俺とくっついたのが何かの間違いだったよな……。むしろ俺は、これを機に、蓮が美しい人と出会うのを応援するべきでは？）

そう考えて心を奮い立たせたものの、やはり胸がちくちくと痛む。布団では颯馬が可愛らしい寝顔で寝息を立てていて、しんみりした。

（俺が離婚したら、颯馬は片親になっちゃうなぁ……。でもまぁ、颯馬だって綺麗なお母さんのほうがいいよな）

颯馬のぷにぷにした頰を指で突いて、佑真は大きなため息をこぼした。蓮が帰ってくるのを待つつもりだったが、今夜はどこかに泊まってくるそうなので、寝ることにした。颯馬の隣に布団を敷き、電気を消して目を閉じる。

（寝つけない……）

何度も寝返りを打ち、懸命に寝ようとしたのだが、蓮のことが気になってなかなか眠れない。こういう時は颯馬が夜泣きでもしてくれたら気分も変わるのに、どういうわけか大変静かに眠っている。

「はぁ……。わー子におやつでもあげようかな」

寝るのを諦めて、佑真は部屋を出て厨房に足を向けた。今夜は客がいないのもあって、バックヤードも厨房も真っ暗だ。冷凍庫をごそごそ漁り、酒まんじゅうを何個か容器に入れて蒸かし直した。

「わー子？」

蒸かした酒まんじゅうを持って座敷童を探すと、外からこんな夜中に鳥の声がする。厨房の裏口から外に出た佑真は、上空を旋回しているカラスに目を留めた。カラスは佑真を見つけるなり、急降下してくる。まさか酒まんじゅうを奪う気かと身構えたが、カラスは口に封筒を銜えている。

「ん？」

佑真に取れと言わんばかりに目の前の塀に着地して、顎を向ける。おそるおそるカラスの口から封筒を受け取ると、クエーッと恐ろしい一声を上げてカラスは夜空に去っていった。

『閻魔様の手紙なの』

手にした封筒に困惑していると、座敷童が横にいて、目をぱちくりする。佑真は封筒の裏をひっくり返した。封筒は封蠟で閉じられていて、閻魔の閻という字の印が押されている。宛て名を見ると、人見佑真へと達筆な文字で書いてある。

「何だ、これ」

座敷童に酒まんじゅうを手渡し、佑真は封筒を開けた。透かしの入った綺麗な紙が一枚入っていて、そこには先日もらった羊羹が美味だったと記してある。後日、貴公の甘味を食しに参る、とあって、佑真は目を丸くした。

「よく分からんが……、羊羹気に入ってくれたんだな。よかった。ひょっとして泊まりに来るのだろうか？」

褒められたのは嬉しいが、さすがに閻魔大王がこちらの世界に来ることはないだろう。予約も一年先まで埋まっているし、シャバラもシュヤーマも閻魔大王は激務と言っていた。

『閻魔様が来たら、この辺の妖怪の生態系が変わっちゃうの』

美味しそうに酒まんじゅうを頬張りながら、座敷童が言う。閻魔大王は台風のごとき存在らしい。閻魔大王が歩いた後には草も生えないと揶揄《やゆ》されるくらい、移動すると、妖怪たちは体調がおかしくなるのだそうだ。そういえば蓮も都も大和もおかしくなっていたから、きっと自律神経を狂わせる作用があるのだろう。

「宅配便とかあれば、甘いもの作って送れるんだけどなぁ」

笑いながら中に戻り、佑真は受け取った封筒を簞笥にしまった。


蓮は翌日の昼頃、帰ってきた。ケーキと子ども用の洋服を買ってきて佑真にお土産と言って渡してきた。今日、宿泊する客は男女の妖怪で、女将曰く不倫旅行だそうだ。そのせいか夕食以外は部屋に来るなと言われていて、従業員は暇を持て余していた。

三時のおやつの時間に、蓮が買ってきたケーキを、女将と都と岡山と佑真たちで一緒に食べた。有名なチーズケーキの店で、しっとりしているのにふわふわな食感のケーキだった。

「皆で写真とか撮った？　蓮の同級生ってどんな感じか見たいな」

バックヤードでケーキを食べている間、佑真は無理に笑顔を作って聞いてみた。蓮は素直にスマホを取り出して同窓会で撮った写真を見せてくれる。居酒屋の前で全員集合している写真や、飲んでいるクラスメイトを撮ったものだ。佑真はこういう席ではほとんど写真を撮らないが、蓮はけっこうたくさん撮っていた。

「ああ、いつもの癖が出ちゃって」

蓮もスマホを見せながら、苦笑する。

「ほら、俺って人の顔が黒っぽく見えるだろ？　だから顔を記憶するのが苦手なんだよ。それでなるべく友達の写真を撮って、たまに覚えてる。写真だと黒くならないからさ」

蓮はもう必要ないのに習性で写真を撮っていたようだ。だからまるで雇われたカメラマンのように全体を写しているのか。

「この女の子、見覚えあるなぁ」

一緒に写真を見ていた都が、蓮の隣にいた女性を指さして言う。茶色い髪を巻いた可愛らしい子だ。淡いピンクのワンピースを着ていて、目立っている。

「この子って蓮の元カノ……あっ、ごめん！」

うっかりした様子で都が口をふさぐ。

「姉さん、嘘情報やめて。つき合ってないよ、家に押しかけてきただけで。佑真、違うからね」

慌てた口ぶりで蓮がちらりとこちらを見る。佑真は膝に乗せた颯馬の頭を撫で、愛想笑いを浮かべた。

「いや、俺はぜんぜん、これっぽっちも、まったくもって気にしてないから。別にいいんだぞ、元カノと会ってようと。すごく可愛い子だしな。あまり可愛くなかったら、反対するけど」

蓮の浮気相手は美人に限る。佑真は微笑んで言った。気にしていないと伝えるために、一生懸命笑顔でいるが、時々顔が引き攣る。そもそも愛想笑いが苦手なのだ。

「ホントに彼女でも何でもないってば。すごくしつこくて、ここまで何度も押しかけてきただけで」

「大丈夫、大丈夫」

必死に説明する蓮に申し訳なさを感じて、佑真はケーキを頬張った。有名店のケーキなのに、あまり味が分からない。

「楽しかったみたいでよかった」

佑真が食べ終えた皿を重ねて言うと、蓮は何かを思い出したのか、はにかんで笑った。

「そうだな。楽しかった。いつも相手が嘘つきだと警戒しながら話していたから、昨日は初めて何も気にせずしゃべれたよ」

蓮が颯馬を抱っこして、笑う。佑真には理解できない苦しみを蓮はずっと背負ってきた。それが解けた今、一緒に喜んであげるのが家族というものだろう。そう思うべきなのに、佑真はどうしても心の底から喜べなくて、胸が痛んだ。

(俺って性格悪かったんだ……自分にがっかりだよ)

蓮に対する申し訳なさと自分の狭量さに、目眩《めまい》がする。落ち込んだ時は、仕事で気を紛らわせるのが一番だ。

「ケーキありがとな。美味しかったよ。あ、俺、そろそろ仕事に戻るな」

テーブルの上の皿を厨房に運んで、佑真はため息をこぼした。洗剤で皿を泡立て、蛇口をひねって水で洗い流す。遅れて岡山がやってきて、裏山から夕食用の山菜をとってきてくれと頼まれた。山菜の天ぷらを出すのだ。

シンクを綺麗にすると、佑真は籠を持って、裏山に向かった。

「佑真!」

斜面を登っている最中に蓮の声が下からして、佑真は振り返った。蓮が抱っこ紐で颯馬をおんぶしながら手を振っている。

「どうしたんだ?」

立ち止まって待っていると、蓮が追いついて、視線を泳がす。

「いや、何かちょっと変だったから。昨日、俺がいない間、何かあった？」

蓮はケーキを食べている時の佑真の様子が気になっていたらしい。いつもと同じ態度をとっていたつもりだが、もやもやした心が滲み出てしまっただろうか。

「別に何もないよ」

心配をかけまいと微笑んで、佑真は山菜の生えている辺りに目を向ける。蓮は暇なのか、佑真の後をついてくる。

「あの――」

背後から蓮が言いかけた瞬間、蓮のスマホが鳴る。蓮は着信名を見て、眉根を寄せて電話に出ようとしない。

「出ないのか？」

佑真が首をかしげると、蓮が頭を掻く。

「同窓会で勝手にスマホに連絡先入れてきた奴らがいたから。後で着信拒否しておく」

ため息交じりに言われ、佑真はヨモギを摘まんだ。留守電に切り替わったのか、スマホが静かになり、佑真はちらりと蓮を見た。ぴこんぴこんと電子音がしているから、メールでも来たのだろう。

「勝手に入れてきたのって……さっきの子？」

蓮が後ろめたそうな表情なので、つい口にしてしまった。蓮が無言になったので、図星だったと分かった。

「言っておくけど、本当につき合ってないからね。彼女、顔が真っ黒でよく分からないくらいだったし、押しかけられて迷惑してたし。昨日は一杯だけ飲んじゃったけど、思考ははっきりしていたから、キス魔になってないからね」

蓮が近づいてきて、必死に言いつのる。誤解されたくないのだろう。キス魔になっていないと蓮が言うなら、何事もなかったのだ。そういう点では蓮を疑ってはいない。蓮が平気で嘘をつくような男じゃないのは分かっている。

「分かってるよ。顔が黒くちゃ、彼女にはできないもんな」

佑真は苦笑した。ホッとしたように蓮が頷く。

「でも今は顔もはっきり見えるんだし、俺のことなら気にしなくていいからな」

日当たりのいい場所に群生していたタラの芽を取りながら、佑真は言った。タラの芽はトゲがあるので、取る時に注意が必要だ。

「え？」

困惑した声で蓮が固まる。

「他に好きな人ができたら、すぐ言ってくれな？　相手が美人なら、喜んで妻の座を譲るよ」

タラの芽をいくつか籠に入れ、佑真はさらりと言った。卑屈に聞こえないように言ったつもりだが、大丈夫だろうか。一人目の子が美形だったのは、蓮の遺伝子が強かったおかげだが、さすがに二人目まで美形が生まれるとは考えにくい。美形の遺伝子を残すためにも、蓮が新しい人を見つけたら応援するつもりだ。

「……何、言ってんの？」

低い声で聞かれ、佑真は振り返って蓮を見た。蓮は理解できないという表情で、佑真を見据える。

「それどういう意味？　何で別の人を好きになるみたいなこと、言ってるの？」

蓮の声が尖っていて、顔つきも険しいし、明らかに不機嫌になった。

「まさか、俺の浮気とか疑ってるの？　何もないよ。同窓会でしゃべってたのはほとんど男だし、結婚して子どももがいるってのも言っておいたし」

蓮の手が腕を摑んできて、あやうく山菜の入った籠を落とすところだった。

「浮気は疑ってないよ。たとえばの話だよ。これから先のさ」

蓮が不機嫌になるとは思っていなかったので、佑真のほうが驚いて目を見開いた。

「これから先って、何？」

摑んだ手に力を込めて聞かれ、佑真は言いよどんだ。

「……だって、これからは選べるだろ？　別に俺じゃなくても好きになれるじゃないか」

悲壮さを出さないために明るく言い切ると、ショックを受けたように蓮が固まった。自由にしていいと言ったつもりだが、何故か蓮は嬉しくなさそうだ。

「どうしてそんなこと言うの？　浮気推奨、みたいな……。意味が分からない。本気で言ってるの？」

不信感も露わに蓮が迫ってくる。蓮の怒り口調を敏感に察した颯馬がぐずり始めて、佑真は無言になった。蓮は優しいから、他の人を好きになっても切り出しにくいだろうと思っての発言だったのだが、あまり歓迎されなかったようだ。佑真としては、蓮みたいに国宝クラスのイケメンには似合いの美女とつき合ってほしいという願望がある。もちろん結婚したし、蓮のことは大好きでこの生活に不満はないが、結婚した頃と今では事情が変わってしまった。嘘をつく人の顔が黒く見える蓮は、いわば妖怪たちの中で暮らしていたようなもので、顔がはっきり分かる数少ない人物である佑真が人間に見えたとしても不思議ではない。

蓮は、これまで選べる立場になかったのではないだろうか。

蓮の口ぶりだとたいていの人は顔が翳っているそうだから、嘘がつけないせいで顔がはっきり分かる佑真が目に留まった。佑真は輝いて見えると蓮も言っていた。本来ならモブ顔の自分が蓮の目に留まるはずはないから、蓮が佑真を見初めたのは天邪鬼のおかげだ。

（じゃなきゃ、男でモブでしかない俺を選ばないよなぁ）

佑真はうーんと唸って、うつむいた。

蓮には自由にしてほしいと言いたいだけなのに、選んだ言葉のせいでぎすぎすした雰囲気になってしまった。蓮と喧嘩をしたいわけではない。

「えっとー。もう山菜とったし、戻ろうか?」

言い争いになるのが嫌で、佑真は話題を変えた。颯馬もぐずっているし、宿に戻って夕食の仕込み作業に入りたい。

「……佑真」

不満そうに蓮が呟き、いきなりハグしてきた。力強い腕で抱きしめられ、足場が悪かったのもあってよろけて蓮の胸に飛び込む。

「俺が愛してるのは佑真だけだからね?」

佑真の髪の匂いを嗅いで、蓮が囁く。佑真は籠を死守しながら、苦笑した。

「はは……そうだな」

蓮のぬくもりは嫌いではなかったので、佑真はじっとしていた。しばらく蓮は佑真を抱きしめていたが、颯馬が本格的に泣き始めて手を離した。

「戻ろう」

蓮が佑真の手を握って、斜面を下りていく。それに逆らわずに歩きつつ、佑真は暮れかけていく空を眺めた。

五月になると、佑真たちが住んでいる辺りは日差しが強くなってきた。妖怪の世界にゴールデンウイークがあるとは思えないが、連日温泉に入りに集団客がやってくる。今日の泊まり客は、狐の一行で、表向きは和装の女性姿で宿に現れた。閻魔大王から印をもらった佑真は、最近では料理を運ぶ仕事もできるようになった。宴会場に料理を載せたワゴンを押していくと、尻尾が分かれている狐が、どんちゃん騒ぎをしている。空になった一升瓶を片づけ、追加で頼まれたおつまみをそれぞれの膳に運んでいく。狐は合計十匹いて、半分くらいは狐の姿に戻っているが、しっぽがいくつも分かれているのは人の姿を保っている。

狐様一行が稲荷寿司を希望されたので、今夜は岡山ではなく佑真がメインで料理を作った。稲荷寿司は佑真のほうが美味しいと身内からも太鼓判を押されたのだ。

『あらぁ、お兄さん、待ってたのよぉ』

頬を朱に染めた和服が乱れた女性に腕を絡められ、佑真は顔を引き攣らせた。ふさふさのしっぽが五つに分かれている。しっぽが分かれていれば分かれているほど狐の上位に位置するらしい。この中では一番しっぽが多いので、きっとこの狐が姐《あね》さん的存在なのだろう。そうと分かっていても、酒臭い息を吹きかけられ、佑真は露骨に身を反らした。

『あなたのお稲荷さん、とても美味しかったわぁ。ねぇ、明日手土産の分も作っておいてね』

酔っ払いに絡まれただけかと思いきや、手土産の注文だった。最初は辟易していた佑真も、稲荷寿司を褒められてぱっと顔を明るくした。

「喜んで！　いくつ用意しますか？」

『そうねぇ、お稲荷さんの手土産いる子ぉ、手、挙げて』

五つのしっぽの狐の姐さんが声をかけると、狐たちが全員手を挙げた。

『全員分の作ってね。種類が多いと嬉しいわぁ。特にあのわさびのきいたのが私は好きぃ』

狐の姐さんがふふふと笑ってしなだれかかってくる。丁寧にその腕を解き、「了解しました。明日出発までに用意しておきます」と佑真は頭を下げた。

宴会場を出ると、ふうと肩を叩く。今夜は稲荷寿司を希望されていたので、いくつかの種類を出したのが好評だったようだ。稲荷寿司は奥が深い。姐さんはわさび味の稲荷寿司が好きなようだ。

（今夜のうちに油揚げを煮詰めておこう……）

十名分の手土産となると、けっこうな量だ。朝早く起きて作るにしても、先に準備はしておきたい。それにしても油揚げを大量に購入しておいてよかった。

ワゴンを運んでいると、廊下で蓮と出くわした。

「俺が汚れ物は片づけるよ」

蓮は厨房まで一緒についてきて、ワゴンに載っている空き瓶を水洗いしていく。空き瓶は後日業者が回収するので、裏口に置いてあるケースにしまう。

「俺、稲荷寿司の注文が入ったから、仕込み作業やるな」

佑真はなるべく蓮を見ないようにして、言った。あれから蓮とは少しぎこちない雰囲気になっている。理由は簡単で、話し合いたい蓮と、話し合いたくない佑真で温度差があるからだ。これが夫婦関係に関して以外なら、佑真も話し合いは好きなので応じたと思う。けれど、今回に限っては、佑真は蓮と話し合うのを拒否していた。

自分でもよく分からない。蓮と深い話をするのが、嫌だった。

こんな状態なので、最近は別々の部屋で寝ているし、蓮に夜の営みを求められても、言い訳をして避けている。

「……佑真、今日も一緒に寝ないの？」

油揚げを甘く煮詰めていると、耐えかねたような口調で蓮が切り出してきた。空き瓶はもうすべて片づけてあって、汚れた皿も綺麗になっていた。

「あ、うん……。俺、自分の部屋で寝るから、颯馬と寝てくれるか？」

大鍋に敷き詰めた油揚げを箸でつつきながら、佑真は言った。目を合わさずにしゃべっているせいか、蓮が隣に立つ。無言でじっと見つめられ、おそるおそる横を向くと、蓮が恨めしげに見下ろしている。

「何か佑真……俺の能力が消えてから、冷たいよね」

不満そうに呟かれ、佑真はどきりとして息を吞んだ。

まさしくそうだと佑真も思ったからだ。蓮の能力が消えたと知ってから、互いの関係がおかしくなった。前はすごく楽しい日々を過ごしていたのに。

「俺が好きなのは佑真だけだよ。ちゃんと分かってる？」

蓮は真剣な瞳で、訴える。

「う、うん。分かってる、分かってる」

佑真はもつれそうになる舌を厭いつつ、苦笑した。本当に分かっているのだろうかと蓮に疑いの眼で見られたが、佑真だって蓮が自分を好きなのは分かっている。

――今は。

現時点で、佑真は蓮の浮気など疑っていない。心変わりも心配していない。だが、明日は？明後日は？　半年後は？　一年後は――もう佑真には確信が持てない。

どれだけ蓮が愛を語ってくれても、今の佑真は、蓮の言葉を信じることができないのだ。

「佑真、どうすれば前みたいに仲良くなれるの？　俺、分からない」

蓮が焦れた口調で距離を詰めてくる。

前のように仲良く……。佑真は一緒に家族三人で旅した妖怪の里に思いを馳せた。あの頃はよかった。家族一緒で幸せだった。蓮といるのが楽しかったし、未来に不安なんて何一つなかった。

颯馬が健やかに育ってくれるのかだけが、佑真のささやかな心配事だった。

「……俺は」

どう伝えるべきかと言葉を濁すと、ふいに軽やかな足音が聞こえてきた。

『閻魔様からのお手紙なの』

座敷童の声がして振り向くと、小さな手に白い封筒を掲げている。

「閻魔様⁉」

蓮がびっくりしたように叫ぶ。蓮が座敷童の手から封筒を受け取ろうとしたが、さっと背中に隠される。

『これは佑真になの。蓮じゃないの』

小さな頰を膨らませて、座敷童が言う。佑真は鍋の火を弱めて、座敷童から封筒を受け取った。前回と同じく、封蠟で留めてある。

「何で佑真に⁉　佑真、何が書いてあるの！」

蓮は強張った顔つきで封筒を凝視している。佑真は指で封筒をこじ開けながら、首をかしげた。

「閻魔大王からの手紙って、そんなに大事なのか？　前にももらったんだが」

そういえば閻魔大王からの手紙について誰にも話していなかったと思い出し、佑真は反省した。蓮の外泊に気をとられていて、封筒はどこにしまったか覚えていない。

「どうして早く言わないの⁉　ああもう、早く読んで！」

血相を変えた蓮に叱られ、佑真は怯みつつ手紙を読んだ。

「明日、泊まりに来るって。牛頭たちと一緒に来るらしいぞ。和菓子を用意しておけって書いてある」

佑真が一読して言うと、蓮がよろめいた。そういえば明日は牛頭の妖怪が泊まりに来る予定だ。

以前出禁にされた団体とは違うらしく、五名での宿泊だった。その中のメンバーの一人が閻魔大王というわけだろう。

「和菓子かぁ。何作ろうかな」

のんきに考えていると、蓮が脱兎のごとく厨房から出ていった。どこへ行ったのだろうと思う間もなく、一分後には厨房に女将と都が駆けつけた。

「閻魔大王が来るってホントかい!!」

女将は寝る寸前だったらしく、いつもまとめている髪を垂らして、すっぴん状態だ。女将って眉毛がなかったんだなぁと感心していると、都が佑真の身体を揺さぶってきた。

「何で！　こんな僻地の温泉に！　まさかこの前の謁見が気に入らないとかじゃないよね！」

女将も必死だったが、都も負けず劣らず動揺している。佑真が手紙を見せると、奪うように読み合って、床に崩れる。

「どうしよう、A5ランクの肉を明日朝一で買いに行ける……？　今夜の客がお酒を大量に飲んでるから、明日の分は……？　部屋の備品が壊れているのはまずいよね……」

女将は厨房内をうろうろして、頭を掻きむしっている。

「やだぁ、閻魔大王の接客、無理ぃ！　絶対、粗相して首を切られる！」

都は髪を乱して、蓮にすがりついている。

「俺だって恐ろしいよ、冷静でいられるか自信がない」

蓮も都をなだめつつ、青ざめている。

「別に閻魔大王だってふつうの客と同じ対応でいいんじゃ……。宿泊人数が増えるわけでもないし」

三人の態度がまるで暗黒神でも迎えるかのようだったので、佑真は少し呆れた。すると都にぎろりと睨まれ、地団駄を踏まれた。

「佑真は空気が読めないにぶちんだから分からないだろうけど！　閻魔様は傍にいるだけで、凍りつく特殊な方なの！　ホントに佑真のほうがよっぽど怪物よ！」

都に大声で怒鳴られ、佑真はたじろいだ。これは連絡を怠《おこた》った佑真に責任がある。閻魔大王からの手紙に具体的な来訪日付がなかったので、社交辞令だと思い込んでしまったのだ。すでに予約が入っている妖怪と一緒に来るとは思わなかった。

「申し訳ありません。次回からは気をつけます」

佑真が反省の意味を込めて頭を下げると、「次があるっていうの⁉」と都に泣きつかれた。

翌日は五時に起きて、狐様一行の手土産用の稲荷寿司を十箱作った。一箱に何種類かの稲荷寿司を詰めたので、一度に食べても飽きない作りになっている。

『また来るわねぇ』

狐様一行は手土産を大事そうに抱えて午前中に帰っていった。それからは蓮と都と女将はめまぐるしい動きで部屋を綺麗にして、宴会場を掃除し、大浴場を念入りに洗った。その間に佑真は岡山と一緒に今夜の泊まり客に出す調理に勤しんだ。

「牛頭の妖怪って豚の丸焼きが好きなんですか？」

中庭で豚の丸焼きを作っている岡山に聞くと、額の汗を拭ってにこやかに頷かれる。精肉店から仕入れた豚一頭を岡山は火で炙っている。豚の腹には野菜や茸《きのこ》が詰められていて、哀れな姿で木に刺されている。岡山は豚の丸焼きを作るのが好きなのだ。他の前菜や吸い物は佑真に任せるくらいに。

「何か、妖怪の偉い人に甘味頼まれたんだって？　何を作るの？」

首に巻いたタオルで汗を拭きつつ、岡山に聞かれる。岡山は足が悪いので一斗缶に座りながら火の具合を見ている。

「とりあえず苺大福と練り切り、あと昨夜のうちに羊羹を作っておきました」

佑真は冷蔵庫に入れた羊羹を思い出して言った。苺大福はちょうど苺の美味しい季節なので、メニューに入れてみた。練り切りは現在製造中だ。羊羹は、前回手土産で渡した羊羹があまりに素朴なものだったので、今回は日持ちを気にしなくていいから栗《くり》やクルミを入れて豪華なものを出そうと張り切った。

「和菓子ってアバウトなリクエストだったので、とりあえず三品用意した感じですね」

佑真が岡山を窺うと、いいんじゃないと気安い返事が戻ってきた。

佑真は厨房に戻り、練り切りの製造に勤しんだ。練り切りは佑真の好きな和菓子の一つだ。白餡に砂糖や、つなぎの食材を入れて生地を好きな形に仕上げた生菓子だ。よくお茶の席で振る舞われるが、作り手のセンス次第で無限にいろんな形ができるので佑真は好きだ。

そうこうするうちに玄関先が騒がしい雰囲気になり、佑真は手を止めて、前掛けを外して正面玄関に向かった。

「ようこそ、おいでをお待ちしておりました」

正面玄関前では和装の女将と都、作務衣姿の蓮が並んで頭を下げている。昨夜はテンパっていた女将だが、客を出迎える姿は堂々としたものだ。

今夜の泊まり客は羅刹鳥に乗ってやってきた。数羽の羅刹鳥が宿の玄関前で羽を休めている。メンバーを見て佑真は驚いた。牛頭の妖怪が二体、それにシャバラとシュヤーマ、閻魔大王という面子だったのだ。閻魔大王以外は全員漢服で、閻魔大王だけは洒落た三つ揃いだった。今回も仮面をつけているが、すらりとした立ち姿といい、手足が長いことといい、イケメンオーラが漂っている。やはりイケメンにはスーツが合う。久々に心が沸き立ち、佑真は表情を引き締めて蓮の後ろに並んだ。

『やぁ、世話になるよ』

閻魔大王が口の端を吊り上げてさっそうと歩いてきた。とたんに都と蓮がかちこちに固まった。女将も必死に笑顔を作っているが、明らかに足が震えている。

『羅刹鳥を一晩留め置きたいんだが、どこか小屋みたいなものはあるかな？』

閻魔大王に聞かれ、女将と蓮が顔を見合わせる。想定外の質問に二人とも頭が真っ白になっている。あんな大きな鳥を入れる場所なんて、すぐには思いつかないのだろう。羅刹鳥は二メートル以上ある大きな鳥だ。

「車庫はどうですか？　車を出せば、入るかも」

佑真がこっそりと言うと、女将の目が輝き、後ろ手で親指を立ててきた。車庫の中には蓮が運転する4WD車と普通乗用車が入っている。二台の車を駐車場に移動すれば、羅刹鳥が一晩泊まる場所ができる。

「今、場所を作りますので！」

女将の合図で蓮が車を移動し始める。ふっと閻魔大王の視線が佑真に向けられ、にこりと微笑んだ。

『この前食べた羊羹の味が忘れられなくてね。今夜は期待していいか？』

閻魔大王に話しかけられ、佑真は嬉しくなって頭を下げた。

「ご満足いただけるよう、心を込めました」

佑真が笑い返すと、ぽんと肩を叩かれる。閻魔大王に作ったものが気に入られたようだ。閻魔大王の背後にいたシャバラとシュヤーマもおもむろに頷く。シャバラとシュヤーマは一緒に旅行したせいか、久しぶりに会えて心が躍った。まさか妖怪に顔見知りができるとは思わなかったが、これはこれで悪くない。

「どうぞ、中へ」

女将は閻魔大王を案内する。佑真は牛頭の妖怪に頼まれ、羅刹鳥の引き綱を引っ張った。鳥の背に鞍《くら》がつけられていて、その鞍に引き綱がついている。羅刹鳥の長い首や頭はそのままなので、見知らぬ佑真が引き綱を持ったら、くちばしでつつかれるのではないかと思ったが、案外素直に誘導に従ってくれる。

「毛布とか水とか必要ですか？」

車庫の中に三羽の羅刹鳥を入れると、佑真は牛頭の妖怪に尋ねた。

『水だけ頼む。桶に入れて運んでくれ』

牛頭は羅刹鳥の世話係なのか、丁寧に一羽一羽の様子を確認している。佑真は車を駐車場に移動して戻ってきた蓮と手分けして、桶に水を入れて車庫に運んだ。羅刹鳥は長い首を伸ばして、桶の水を飲んでいる。

「前回乗せてくれた羅刹鳥は脚で運ぶタイプでしたけど、この子たちは背に乗せるタイプなんですね」

牛頭の妖怪に声をかけると、はははと豪快に笑われる。

『あれは羅刹鳥が人など背に乗せたくないと言ったからだ。この前運んでくれたのと同じ子たちだぞ』

「あ、そうなんですか！　なるほどー。そりゃ見知らぬ人間とかそっちサイドからしたら不気味ですよね」

親しみ安さを感じて、佑真も気楽に答えた。

『こいつら人に慣れてないからなぁ』

牛頭の妖怪はそう言うが、羅刹鳥が佑真に危害を加える様子はなかった。

『そういえば烈火隊《れっかたい》の奴らがここを出禁になったと聞いたぞ。いい気味だ。あいつらはいつも悪ふざけがひどすぎて、評判が悪いんだ』

思い出したように牛頭の妖怪が話し、ニヤニヤと目を細めた。烈火隊というのはおそらく以前この宿で散々暴れた牛頭の妖怪だろう。蓮と都が強烈に嫌がっていたので、これからはもう泊めないと女将が約束してくれたのだ。

「すみません……正直、区別がつきません」

目の前の牛頭の妖怪は嬉々として話しているが、佑真の目には彼らと目の前の妖怪の区別がつかない。佑真が正直に言いすぎたのか、背後で蓮がぎょっとする。

『おいおい！　ぜんぜん違うだろ！　俺様のほうがずっと男前だ！』

牛頭の妖怪は大声でまくしたてたが、口調は怒っておらず、笑いながら佑真の背中をバシバシ叩く。心の広い妖怪でよかった。

牛頭の妖怪と笑いながら話していると、後ろからぐいぐいと襟を引っ張られた。蓮が怖い顔で首を横に振っている。妖怪と話していると蓮はいつもこんな感じで引き留める。蓮は妖怪とは仲良くしてほしくないようだ。印をもらってから積極的に妖怪に関わろうとする佑真を案じている。

「ご案内します」

羅刹鳥が落ち着いたのを見計らい、蓮が牛頭の妖怪を部屋に案内し始めた。佑真はそれを見送り、厨房に戻って作業の続きをした。

豚の丸焼きが完成した頃、佑真はワゴンに先付けと食前酒を載せて待機していた都に渡した。都は悲壮な顔つきでワゴンを押していく。

「大丈夫でした？　俺には分からないけど、今日も閻魔大王、圧がすごいの？」

戻ってきた都に聞くと、宴会場と厨房のたった一往復でげっそりやつれている。

「何か私が運んでいったら、あからさまにがっかりした空気出されたんだけど。閻魔大王の機嫌が悪くなると、部屋に五トンくらいの重い空気が落ちてくる」

都が口の端をヒクヒクさせて言う。

「お供の妖怪たちは？」

「閻魔大王の信者って感じ」

ふうと重苦しい息を吐き出し、都が次に出す料理をワゴンに載せる。その後も蓮と都で交代で料理を運び、帰ってくるたび青ざめていく。

「どうしよう。ぜんぜん閻魔大王が食べてくれない」

特に蓮は後半になるにつれ、切羽詰まった空気を醸《かも》し出してきた。豚の丸焼きも牛頭の妖怪は喜んで食べているそうだが、肝心の閻魔大王は一口だけしか食べてくれなかったそうだ。

「え、マジで？　口に合わなかったか？　でも先付けとかは全員空にしてたよな？」

汚れた皿を洗いながら、佑真は首をひねった。試しに蓮に閻魔大王が食べた料理を聞くと、何故か佑真が作ったものだけは完食している。

（俺が作ったって分かるのか？　まさかね）

謎は深まるばかりだが、デザートの時間になったので、お茶と一緒に皿に苺大福と羊羹を切って並べた。

「これは俺が運ぶよ」

閻魔大王からリクエストされたものだったので、佑真は自らワゴンを押した。

宴会場に行くと、長方形の大きな黒いテーブルが中央に置かれ、座布団に客が座って話し込んでいた。酒は進んでいるようで、テーブルには日本酒が置かれている。

「甘味でございます」

佑真がぺこりと頭を下げて苺大福と羊羹を載せた皿を閻魔大王の前に運ぶと、『やっと来たか』と微笑まれる。閻魔大王はジャケットを脱ぎ、白いシルクのシャツに黒のベストとズボンという格好だ。酒を飲んでいるのにほとんど着崩れていないし、顔も赤くなっていない。

『其方、しばし相手をせよ』

佑真がそれぞれの席に甘味とお茶を置くと、閻魔大王が手招きして言った。佑真もわざわざ来てくれた感謝を込めて、素直に傍に寄った。

「料理はお口に合いませんでしたか？」

閻魔大王の横に正座して聞くと、黒文字で羊羹を切り分け、閻魔大王が口に運ぶ。

『うーむ。美味、であるな……』

うっとりした様子で閻魔大王が羊羹を咀嚼する。甘いもの好きなのだろうか？　佑真の見ている前であっという間に羊羹も苺大福も平らげてしまった。

『面白いなぁ。其方の作る和菓子だけかと思っていたが、料理全般に呪がかかっている』

さらりと言われて、佑真はぎょっとして目を見開いた。

「えっ⁉　呪って言いました⁉」

そんなものはかけてないと抗議しようとしたが、閻魔大王はちらりとシャバラとシュヤーマを窺う。どちらも美味しそうに羊羹をぱくついていて、閻魔大王の言葉に深く頷く。

『余は其方の作るものを食しに来ただけだ。一口食べれば、其方の作ったものかすぐ分かる故に、もう一人の料理人のものは食していない。呪と言ったが、悪いものではない。強いて言えば、美味なる術がかけられている』

「美味なる術……？」

困惑して佑真が聞き返すと、閻魔大王がワゴンを見やる。

『左様。其方の作るもの、人より妖怪に好まれるはずだ。まだ何かあるのだろう？　早く出しておくれ』

閻魔大王は催促するように佑真に目配せする。お見通しかと、佑真はワゴンの下の段に置いていた重箱を閻魔大王の前に置いた。

「練り切りでございます。閻魔大王のイメージで作ってみました」

佑真は蓋を開け、閻魔大王に見せた。重箱には細かい仕切りがしてあって、合計二十五個の練り切りが配置されている。色とりどりに丸や四角、花や果物、鳥の形を模して作った力作だ。お金をかけていいと女将が言ったので、金箔もあしらってみた。あまりにいいできだったのでスマホで写真を撮ったほどだ。

『おお……これはすごいなぁ』

閻魔大王は興奮した面持ちで、一つ一つをじっくり眺めて黒文字で切り分けながら噛み締めた。お茶のお代わりを淹れつつ、佑真は感心して眺めていた。甘いもの好きどころではない。相当なレベルの猛者《もさ》だ。一応佑真は全員で好きな分だけ食べてもらおうと思っていたのだ。何しろ練り切りが二十五個だ。一通りの食事をした後で一人五つも練り切りを食べるのは厳しい。

だが何ということだろう。閻魔大王は一人で！　全部食べてしまったのだ！

『閻羅王……っ、まさか吾らに一つも分けてくれないのですか⁉』

じりじりと自分の配分を待っていたシュヤーマが、全部口にしてしまった閻魔大王に気づき、腰を浮かした。佑真も驚きのあまり口を開けた。シュヤーマはどうやら佑真の作る和菓子がことのほか気に入ってくれていたらしい。

『すまぬ。余の手が止まらなかった』

口元を拭ってお茶を啜り、閻魔大王がしれっと言う。はははと牛頭二体が笑いだし、佑真もつられて笑ってしまった。都は空気が重いというが、こうしてみるとふつうに慰安旅行みたいだ。閻魔大王は恐れられているかもしれないが、信頼できる仲間が傍にいるのだろう。

『佑真、其方の作るものはどうやら本物であった。それを確認したくて、わざわざここまで来たのだ』

閻魔大王の手がすっと伸び、細くて長い指が佑真の手を握る。顔が近づいてきたので何事かと思っていると、形のよい唇が弛む。

『其方、余の屋敷の料理人になってはくれまいか？』

耳に心地のよい低音ボイスで囁かれ、佑真はびっくりして目を丸くした。

「えっ！　俺、人間ですけど？」

閻魔大王からスカウトされるとは想定外で、佑真は上擦った声になった。散々褒められた後でスカウトされて、気分がよくなるのは仕方ないと思う。

『それは知っておるよ。余が印を与えたのだから』

至極当然といった顔つきで言われ、佑真は動揺した。

「で、でも俺はまだ調理師免許を持ってなくて、……ってそれは人間界の話か！　いや、お気持ちは大変嬉しいのですが……っ」

『無論、給与もはずもう。今いかほどもらっている？　その三倍は出そう。余の屋敷に住み込みで働いてもらいたいので、福利厚生もしっかりとつけよう。その他、してほしいことがあれば何でも申してみよ』

畳みかけるように言われて、佑真はとっさに頭の中で計算してしまった。現在の給料の三倍なんて、すごくいい条件だ。正直、ここでの仕事は福利厚生が曖昧になっていて、佑真も気になっていた。家族経営の弊害だといえばそれまでだが、きちんとしたい佑真の性質と異なっている。

「し、しかし閻魔大王の屋敷に住み込みということは、なかなかこちらの世界に戻るのは大変じゃ……。俺、子どもが生まれたばかりだし」

気持ちがぐらぐらしてきて、佑真は自分でも混乱した。本当ならすぐに断らなければならないところなのに、自分の中に揺れている感情があって、はっきり断れない。

『羅刹鳥を使えば一日でうつしよに戻れるではないか。余は其方を気に入って傍に置きたいが、監禁するつもりはない。休日には戻りたければ、戻ってもよい。子どものことも案ずるな。一緒に来ればいいではないか。仕事中、子どもの面倒を見る者も手配するぞ。其方の夫である蓮も、一緒に来ても構わぬ』

優しく閻魔大王に囁かれて、佑真は言葉が出てこなくなった。一瞬、高知の山奥にいるのも、閻魔大王の屋敷にいるのもあまり変わりはないと思ってしまったのだ。しかも家族一緒でいいなんて。

心が揺れていた。理由は分かっている。自分の能力を見込まれて、破格の待遇で来て欲しいと請われたのだ。しかも閻魔大王という格式高い存在に。嬉しくないはずがない。家族のことがなければ、うっかり「はい」と頷いていた。

「で、でも俺、蓮とずっと一緒にいるかどうかは……」

佑真はうつむいて、口ごもった。揺れている大きな原因は、蓮との関係が変わってしまったのが大きい。閻魔大王の屋敷に蓮も一緒に連れていっていいのだろうか？　人間である颯馬を妖怪の暮らす世界に連れていっていいのだろうか？　子どもはともかく、蓮に好きな人ができたら身を引かなければと思っているので、余計にどうしていいか分からなくなった。だが、閻魔大王の申し出が心に響く。正直言って、雇われたい気持ちが強くなっている。

『一緒にいるかどうか……？　ふーん。どうやら其方にも事情がありそうだな。子ども連れでくるのは余は構わないぞ。印のついた子だし』

閻魔大王は佑真の揺れる気持ちを見抜いて、後押ししてくる。

『だがすぐには返事できないだろう。明日までに考えておくれ。よい返事を期待しているぞ』

お茶を飲み干して、閻魔大王が手を伸ばした。優しく頭を撫でられて、何故かきゅんとしてしまった。仮面の下の顔を見たい。絶対にイケメンだと思う。

「あの……ぶしつけながら、仮面をとってもらうことはできないのでしょうか？」

そわそわして佑真が言うと、閻魔大王が首をかしげた。とたんにシャバラとシュヤーマ、牛頭の妖怪が血相を変えて腰を浮かした。どうやら不遜《ふそん》な物言いだったらしい。全員泡を食ったような顔で『お、恐れ多い！』と震えている。

『余の顔が見たいのか？』

閻魔大王だけは面白そうに佑真を眺める。

「はい！　絶対、超絶美形だと思うんです！　俺、そういう勘だけは外したことがないんです！」

胸を張って佑真が言うと、閻魔大王が笑いだした。

『余の顔を直接見ると、さすがの其方もおかしくなるやもしれぬぞ。だが、其方が余のもとで働くと言うなら、見せてやってても構わぬ』

「うう――……。交換条件ですか」

佑真は悔しくて唸った。そう簡単には拝ませてくれないのか。

「とりあえず、一晩悩ませて下さい」

佑真は三つ指をついて言うと、空になった皿をワゴンに載せた。

「ぜひ当宿の温泉をお楽しみ下さい。何かご用がございましたら、遠慮なくお申しつけ下さいますよう」

閻魔大王やシャバラ、シュヤーマ、牛頭の妖怪に頭を下げ、佑真はワゴンを押して宴会場を出ていった。

(スカウトされるなんて、人生で初めてだなぁ)

どこかウキウキしている自分に気づき、佑真は苦笑した。


厨房で汚れた皿を洗っていると、羅刹鳥の世話を終えた蓮が疲れた様子で入ってきた。蓮は羅刹鳥につつかれたと言って、肩口をさすっている。

今夜は交代で寝ずの番をするらしく、夜中でも客の対応を受けつけるそうだ。閻魔大王だけあってＶＩＰ待遇だ。

「閻魔大王、大丈夫だった？　何か言われた？」

蓮は甘味を運んだ佑真のことが気になるらしく、不安そうに尋ねてくる。

「ああ、すごく褒められた。聞いてくれ、閻魔大王の屋敷で料理人をしないかとスカウトされたぞ。しかも給与は今の三倍だ。すごくないか？」

閻魔大王に褒められた時の高揚感を引きずっていて、佑真は皿洗いをしながら興奮して言った。

「……え？」

蓮が一瞬にして顔を曇らせる。佑真はそれに気づかず、頬を紅潮させて洗った皿を籠に入れた。

「閻魔大王ってすごいな、俺の作った練り切り二十五個を全部一人食べてしまったんだ。甘いものの好きなんだろうが、糖尿病にならないんだろうか？　閻魔大王だし、関係ないのかな。まさか妖怪のボス的存在からスカウトされるなんて、お前にこの宿に連れてこられた以上に奇妙《きみょう》奇天《きてん》烈《れつ》な出来事だと思わないか？　とりあえず一晩悩ませてくれるそうだから、お前に相談しなきゃと思って……わっ」

話の最中にいきなり腕を掴まれて、佑真は驚いて体勢を崩した。痛いくらいの力で握られて、蓮を仰ぎ見る。蓮はひどく怖い顔で佑真を見下ろしてきた。

「閻魔大王の料理人、って何？　一晩悩むって……どういうこと？　どうしてすぐ断らないの？」

背筋がひやりとするほど蓮が恐ろしい威圧感で迫ってくる。

「や、だって……すごくいい条件で」

どうしてそんなに蓮が怒っているのか分からず、佑真は蛇口の水を止めた。

「何がいい条件？　閻魔大王の屋敷ってことは、妖怪の里で働くってことでしょう？　何考えてるの？　あそこがどんなに危険なところか、分かってる!?　正気じゃないよ、絶対断って!!」

低い声で怒鳴られて、佑真は反射的にムカッときて、蓮の腕を振りほどいた。

「蓮に相談はするつもりだったけど、最終的には俺の選択だろ？　何で頭ごなしに断れって言うんだよ」

佑真が反論すると、蓮が歯ぎしりをしてシンクの台を拳で叩く。

「だからどうして閻魔大王のとこで働くなんて発想が出てくるんだよ！　佑真は正気じゃないよ、あそこは俺たち人間が住む場所じゃないだろ！　そもそっちで働くって、『七星荘』はどうでもいいの⁉　閻魔大王の屋敷で働くってことは、俺と離れて暮らすつもり⁉」

激高した口調で言われ、佑真は先ほどまで浮かれていた気持ちがどんどん萎んでいった。閻魔大王に褒められてすごく嬉しかったのに、それを頭ごなしに否定された思いだ。

しかも――気づいてしまった。お互いの相違点。

蓮は佑真がここでずっと働くものだと思っている。蓮と結婚して、子どももできたから、このまま死ぬまで『七星荘』にいると思い込んでいる。

蓮と結婚はしたし、ここで働くのも嫌いではないが、そもそも佑真がここで働き始めたのは、調理師免許を取るためだ。調理師免許を取るためには飲食店で二年間以上働かなければならない。調理師免許を取った後に、どうするかは決めていなかった。資格を取ったことでそれに見合う待遇を得られるならそのまま働くつもりだったし、もしそれが叶わないなら、別の店で働いてもいいと思っていた。

佑真にとって、結婚と就職先は別のものだ。たとえ家族経営していようと、他に働きたい場所があれば、そちらを選ぶ。佑真が抜けることで人手が足りなくなるというなら、他に募集をかければいいだけだ。妖怪専門宿ということでハードルは上がるかもしれないが、厨房で働いている岡山だって妖怪は見えないのだし、問題はない。

「俺は別にずっとここで働くとは言ってない」

いろんな思いは込み上げてきたが、怒鳴り合いはもっとも佑真が嫌うものだ。落ち着いて、なるべくきつく聞こえないように告げた。だが、それを聞いた蓮の顔がサッと青ざめ、ぎゅっと唇を嚙む。蓮にそんな顔をさせるのは申し訳ない気持ちでいっぱいだったが、自分の気持ちは偽れなかった。

「……佑真、変だよ」

うつむいて蓮が声を絞り出す。

「ずっと変だった。他に好きな人ができたら、いつでも別れるみたいなこと言うし、閻魔大王の屋敷で働くみたいなこと言うし……。ぜんぜん理解できない。俺を捨てるの？　俺を嫌いになった？」

悲しそうな声で蓮に詰られ、佑真は頭の中が真っ白になった。

蓮が何を言っているのか分からなかった。何故蓮を捨てるという発想になるのか、嫌いになったと思うのか。けれど、蓮がそう考えるのも当たり前だ。蓮との話し合いを避けてきた。閻魔大王の屋敷で働くことは、佑真にとって手っ取り早く金銭を得る手法だ。毎日帰ってくることは難しいが、休日にはこちらに戻ってきてもいいと言っていた。

「閻魔大王は、蓮も颯馬も一緒に来ていいって……」

佑真はうつむいて、かすれた声で言った。

「俺は用がない限り、あそこへ行く気はない」

蓮が怒った声で言い切る。

きっぱりと否定されて、もし働きたいなら、別れるしかないのだと悟った。蓮は佑真が考えを変えるのを待っている。

「馬鹿な考え、やめて……。佑真、妖怪に慣れてきて、おかしくなってるんだよ。だから俺は佑真に妖怪と関わってほしくなかったんだ。俺のこと、嫌いじゃないよね？　佑真がおかしくなるくらいなら、俺、こんな仕事辞めてもいいよ。親子三人で、違う土地に行って、別の仕事をしてもいい」

苦しそうに蓮が言いだし、佑真は激しく動揺した。そこまでして、佑真が閻魔大王の屋敷で働くのを阻止するのかと驚いた。

蓮がじっと佑真を見つめている。佑真が嫌いじゃないというのを待っている。早く何か言わなければと思っているのに、口が動かない。

「どうしたのさ⁉　何で喧嘩してるんだい！」

「まさか閻魔大王に粗相を⁉」

張り詰めた空気を破ったのは、厨房に押しかけてきた女将と都だった。蓮の怒鳴り声が聞こえて、血相変えて飛び込んできたらしい。女将は閻魔大王の怒りを恐れて、震えている。都は颯馬をあやしながら、自分が泣きそうだ。

「あ、いや……違います。俺が閻魔大王の屋敷で働かないかってスカウトされて」

ぎこちない表情で佑真が言うと、女将と都がいっせいに叫びだす。

「うっそ、マジで⁉　どこをどうしたらそんな話に⁉」

都があんぐり口を開けて、佑真と蓮を交互に見る。

「おおおお、恐れ多い！　そんな断れない話を！　でもあんたがいないとうちの経営成り立たないよ！　どうすれば！」

女将は佑真にすがりついて、パニックになっている。

「別に成り立たなくないと思いますけど。わー子は妖怪の里へは行かないでしょうし」

女将が心配しているのは、座敷童のことだろう。以前も佑真が実家に戻った際に、座敷童が一緒にくっついてきて、ここの温泉が止まってしまったのだ。とはいえあの時は横浜だから座敷童も一緒に来たが、妖怪の里は怖いところと言っていたのでついてこないと思う。実際、印をもらいに行った旅でもついてこなかった。それにもしそれでもわー子が消えてしまったなら、それは佑真の関知するところではない。経営者として、一人の社員にそこまで背負わせるのはおかしいからだ。

「でもでもっ、あんたの甘味は妖怪の間で人気なんだよぉ！　あんたがいないと売り上げが落ちるじゃないかっ。ああ、でも断って閻魔大王に嫌われたくないっ!!」

女将は世にも悲痛な叫びを上げている。ここまで利己的な発言を聞くと、いっそすっきりする。

「俺は絶対、認めない。閻魔大王に断ってくる」

蓮が思い詰めた面持ちで、厨房を出ていこうとする。即座に女将が蓮にしがみつき、行かせまいと羽交い締めにした。

「お待ち！　そんな喧嘩腰で言ったら、不敬罪で殺されるだろ！」

「そうよ、蓮！　まずは落ち着いて！」

都も不穏な気配を察して蓮を止める。

「俺が言われた件なのに、どうして蓮が断るんだ。別に俺は蓮の所有物じゃないぞ」

黙っていればいいのに、ついつい口が蓮に物申してしまう。案の定、蓮が怒り狂って睨みつけてきた。人生で何度もこの手のやりとりで人との縁が切れてきた。言ってはいけない一言をいつも口にしてきた。学習能力がないと言われればそれまでだが、不器用な自分に目眩がする。

蓮と喧嘩したいわけではない。

蓮に対する愛情も変わっていない。

それなのに――蓮と目が合った瞬間、あ、駄目だと悟ってしまった。蓮の瞳を覗き込んで、自分の心が分かったからだ。

蓮が嘘つきを見破る能力が消えた後、いつでも身を引くと自分が言いだした理由。

蓮に嫌われるのが怖いからだ。蓮に疎まれたり、避けられたりするのが恐ろしかった。嘘をつかないという利点が消えれば、自分はただのモブだ。とてもじゃないが、蓮とは釣り合わない。魔法が消えて、シンデレラの黄金の馬車がカボチャに戻ったように、夢が覚めれば蓮だって、一緒にいる自分が凡庸な人間だと気づく。だから——蓮に言われるより先に、自分から言うことで傷を最小限にとどめようとした。閻魔大王からのスカウトも、ここを離れる立派な言い訳になると思った。

(俺はいつの間にか、蓮の隣にいるのが当たり前になってたんだな)

自分ごときモブ野郎が、大それた思いを抱いていた。

「ふわあああああん!」

緊迫した空気を颯馬の泣き声が破った。都は必死に颯馬をなだめている。強張った表情で蓮が颯馬を受け取り、背中を向けた。

「……ちょっと、頭を冷やしてくる」

硬い声音で蓮が告げ、颯馬を抱きながら厨房を出ていった。残された佑真は無言で残りの皿洗いを始めた。女将と都は後ろで「どうするのさ」「どうなっちゃうの」と延々わめいている。シンクを綺麗に片づけると、佑真は黙って厨房を出た。

女将と都が引き留めてきたが、佑真もまた、頭を冷やしたいと考えていた。

頭を冷やしたいと考えていたのに、何故か佑真が向かった先は風呂だった。内風呂に入り全身をくまなく綺麗にして、ほかほかに温まってから新しい作務衣に着替えて中庭に出た。

時刻は夜十一時を過ぎて、辺りは真っ暗だ。半月はうっすら雲に覆われ、火照った身体に心地よい夜風が吹いている。中庭には池があり、雄々しい松の木が四方に配置されていた。宿の経営が順調というのもあって、今年に入って庭師を呼んで剪定《せんてい》したので、中庭は風情ある眺めになっている。

佑真は池を見下ろしつつ、これからどうするべきか考えていた。あの調子では蓮は絶対に佑真が閻魔大王のもとで働くのを許してくれないだろう。いつか蓮と別れる日が来るとしても、それは今ではない。閻魔大王の有り難い申し出ではあるが、今回は見送るべきかもしれない。

「はぁ」

ついため息をこぼすと、ふっと背後に気配を感じた。座敷童かと思い振り返った佑真は、いつの間にか後ろに閻魔大王がいて目を瞠った。

『余は耳がよくてね』

にこりとして閻魔大王が口を開く。

『其方と蓮の諍《いさか》いが聞こえてしまった。どうやら家族の反対にあっているようだな』

閻魔大王は佑真の隣に立って、肩にかかった髪を垂らす。閻魔大王は温泉に入っていないのか、服装はそのままだった。

「はぁ……まぁ、人間関係は俺のもっとも苦手とするところで」

閻魔大王の放つ空気が佑真を優しく包み込むようで、自然と吐露《とろ》していた。皆は閻魔大王を恐れているが、佑真にはその怖さがまったく分からない。逆に、閻魔大王といると何をしても許してくれる器の大きさを感じる。

『其方は人の世で生きるには、変わっておるからなぁ。不機嫌モードの余に平気でいられるなんて、妖怪にもめったにおらぬぞ。相手に合わせることができないし、その場しのぎの嘘もお為ごかしもできぬと見える。実直で冷静だが、よく人の気分を逆撫でするところがあるのだろう? 人と上手く生きるには優しい嘘も必要だ。だが、それができないからこそ、其方の作る料理は美味なのであろう。だからそのままでよい』

つらつらと佑真の性格について語られ、一度会っただけでそこまで分かるのかと脱帽した。しかもそのままでいいなんて――佑真はぐっと胸に響いて、胸の辺りを押さえた。

人と衝突するたび自分に嫌気が差して、どうしてもっと上手く立ち回れないのだろうと悩んだ日々もある。変わらなければと思いつつ、変わってしまったら自分ではない気がして、ここまできた。七星荘で働き始めてからは、人間関係で躓《つまず》くことはなかったのに、ここにきて、大切な相手とぶつかった。

自己嫌悪に陥っていた佑真にとって、そのままでいいと言われたのはひどく胸を揺さぶられる言葉だった。しかもそれを告げたのが、閻魔大王だった。

「閻魔大王……俺、今すぐ行かなきゃ雇ってもらえませんか？　多分、近いうち蓮と別れる日が来ると思うので、その時に行くのは駄目でしょうか？　自分勝手すぎます？」

佑真は駄目でもともとと思い、閻魔大王に頭を下げた。今はまだ蓮と離れられない。いずれ別れの日が来るとしても、それは今日、明日ではない。

『ふーむ。つまり其方は、夫婦の絆を信じきれぬということなのであろう？』

閻魔大王はじろじろと佑真を見て、にやりと笑った。

『よかろう。では、余が其方たち夫婦に真の愛があるかどうか確かめてやろうではないか。余は其方の作る料理が気に入った。だから手を貸してやろう』

そう言うなり、閻魔大王が自らの仮面に手をかけた。

ゆっくりと仮面を外した閻魔大王は、涼やかな視線で佑真を射貫いた。閻魔大王の素顔は——超絶美形だった！

「ふぉおお！　めちゃくちゃ美形じゃないですか！」

佑真は興奮して飛び上がった。閻魔大王の素顔は信じられないほど美しかったのだ。白く整った目鼻立ちに、黒曜石を思わせる瞳、美しく流線を描く眉、男神を模した彫刻のごとき、完璧な美がそこにあった。

「す、すごい！　閻魔大王、マジでイケメンです！　きらきらしてます！」

閻魔大王から後光が差している気がして、佑真は目をハートにした。実際、夜だというのに、閻魔大王の周りの空間だけ光り輝いていた。こんな美しい姿を拝めるなんて、今夜で自分は死ぬかもしれないと思ったとたん、がくりと膝から力が抜けた。佑真がその場に尻もちをつく前に、閻魔大王の手がすっと伸びて、佑真の腰を抱き寄せる。

『ふふふ。そうか、そんなに美しいか』

閻魔大王の宝石みたいな瞳が佑真をじっと見つめる。その瞳から目が離せなくなって、佑真は頬を紅潮させた。興奮しすぎたのか、足に力が入らなくなっているが、閻魔大王に支えられているので体勢を保っている。顔も綺麗な上に、行動までイケメンだと佑真はくらくらした。

『佑真、そのまま余の瞳を見ていなさい』

甘く囁かれて、佑真はこくこくと頷いた。足だけではなくて、身体全体に力が入らなくなってきた。このままではまずいと思うと同時に、閻魔大王にお姫様抱っこされた。

「ひ、ひいいい、心臓飛び出るぅ……」

超絶美形に姫抱っこされ、佑真は真っ赤になって閻魔大王をガン見した。気のせいか徐々に頭がぼんやりしてきて、意識を失いそうだった。ぎりぎりまでこの美しい顔を見ていたい。必死にそう願い、佑真は重くなる瞼《まぶた》と闘った。

「うう、う……まだ見ていたい……のに」

遠ざかる意識の中、佑真は最後にそう呟き、がくりと身体から力を抜いた。

＊＊＊

呼び出しを受けて、シュヤーマは池に近づいた。

ここは『七星荘』といううつしよの温泉宿だ。予定にはなかった遠出をすると言われたのが数日前。シュヤーマが仕えている主は、時々こんなふうに気まぐれに動くことがある。

「閻羅王」

シュヤーマが池に佇む閻魔大王の前に膝をつくと、仮面を外した閻魔大王が振り返る。直接その顔を見たのは数年ぶりで、思わずシュヤーマはまぶしくて目を伏せた。閻魔大王の顔を直接見ると、大抵のものは魅了され、ひどい時には気がおかしくなる。右腕を自負しているシュヤーマはおかしくなりはしないが、それでも頭の芯がくらくらして目を見交わすのは無理だった。

「彼を運んでおくれ」

閻魔大王はそう言って腕の中に抱えていた人見佑真をシュヤーマに渡した。シュヤーマは内心

困惑しつつ、人間の男を受け取った。佑真は意識を失い、よい夢でも見ているかのように微笑んでいる。シュヤーマは閻魔大王が中庭に出た時から、ずっと距離をとって護衛していた。佑真は気づいていなかったようだが、彼と閻魔大王が会話する間も、奥に控えていたのだ。

「分かりました。羅刹鳥に乗せておきます」

シュヤーマはしっかりと佑真を抱え込み、頷いた。

閻魔大王は仮面を再びつけ、薄く笑った。

「では、余は佑真に関する人間の記憶を操作してくる。それがすんだら、すぐにここを発つから支度せよ」

くるりと背中を向け、閻魔大王が宿に戻っていった。シュヤーマはそれを確認して、佑真を抱えて車庫に急いだ。車庫には羅刹鳥が繋がれている。シュヤーマが戻り、寝ていた羅刹鳥が目覚めて、毛繕いを始めた。

シュヤーマは一羽の羅刹鳥に意識を失った佑真を乗せた。嫌がるかと思ったが、羅刹鳥は佑真の顔を確認して、背中に乗るのを許した。プライドが高くて人間嫌いの羅刹鳥が珍しいことだ。

――あの人間を雇いたいなぁ。

閻魔大王がそう言いだしたのは、佑真が作った羊羹を口にした後だ。佑真たち印を求めた人間が閻魔大王の屋敷を訪れた日、閻魔大王はかなり機嫌が悪かった。かくりよで大きな内乱が起き、妖怪たちが多く死んだせいだ。閻魔大王の機嫌が悪いと、周囲に冷気が漂う。ひどい時は周囲にいた妖怪が凍りつくこともあるのだ。閻魔大王の機嫌は悪かったが、予定していた仕事を怠る性質ではない。だからあの時も佑真たちに印を与えて仕事を早く終わらせようとしていた。

そんな閻魔大王が、佑真の作った羊羹を口にして、ころりと機嫌を直した。よほど口に合ったのだろう。もっと食べたいと不満を言うほどだった。

実際、佑真の作った羊羹を食べたシュヤーマも、彼の作るものに惹かれていた。似たような味はかくりよにもあるはずなのに、どういうわけか佑真の作るものは中毒性がある。閻魔大王が呪がかかっているというのも頷ける。佑真自身からもたまにいい匂いがしていて、変わった人間だと感じていた。

(今夜の甘味も美味かった)

夕食の席で出された甘味を思い返して、シュヤーマは慌てて顔を引き締めた。

閻魔大王が料理人として雇いたいと本人に告げた時、佑真は思ったよりも乗り気であった。ふつうの人間ならば恐れるところを、意欲を示したのだ。佑真という人間は変わっている。妖怪が怖くないわけではないだろうに、閻魔大王に対してなみなみならぬ好奇心を抱いていた。そもそも閻魔大王に慣れているシュヤーマでさえ、ずっと一緒にいると緊張するくらいなのに、人間である佑真があれほど閻魔大王と平気で話ができるのが不思議だった。

佑真はシャバラと初めて会った時も質問攻めにしてきて、地獄の番犬であるシャバラを困惑させていたらしい。蓮曰く、空気が読めないらしいが、読めないにもほどがある。

（しかしまさか、閻羅王がここまでするなんて）

シュヤーマは部屋に戻り、他のものたちに声をかけ、帰り支度を始めた。あらかじめ、閻魔大王が佑真を連れていく可能性を告げていたので、皆、行動は素早かった。

羅刹鳥のいる車庫に戻ると、引き綱を取って外に羅刹鳥を出す。

閻魔大王が戻ってきたのは、ほんの半時ほど後だった。

「すんだ」

簡潔にそう告げ、閻魔大王が佑真が乗っている羅刹鳥に跨《また》がる。すんだ、ということは、この宿にいる人や、佑真に関わる人間から佑真の記憶をすべて抜き取ったか、あるいは変換したという意味だろう。

閻魔大王は意識のない佑真を支え、引き綱を取る。その頃にはもう、シュヤーマとシャバラ、牛角《ぎゅうかく》と牛笛《ぎゅうてき》も羅刹鳥に跨がっていた。

「ゆくぞ」

閻魔大王の合図のもと、羅刹鳥は夜空に羽ばたいた。

◆7　かくりよの料理人

ふわふわに焼けたカステラを切り出し、佑真は皿に並べた。

広い厨房には佑真と助手の冷泉《れいせん》しかいない。冷泉は狸の妖怪で、あまり器用ではないが、佑真の頼んだことを確実にやり遂げてくれる。厨房には大きなシンクと食材の詰まった棚、竈や炭火焼き用の炉がある。壁にはさまざまな調味料の入った大小のツボが並び、鉄板や鉄瓶も置かれている。電子レンジがないのは残念だが、冷泉が火の扱いは得意なので今のところ、問題はない。

「うわー。佑真さん、今日のおやつも美味しそうですねぇ」

冷泉がころころ笑って言う。カステラはこのかくりよでも縁起のよい和菓子として有名だそうだ。

「そうだな。この焦げたところがまた美味いんだよなぁ」

佑真もカステラを眺めて頷いた。

「さぁ、できたから、閻魔大王に持っていこう」

佑真は皿をワゴンに並べ、つけていた前掛けを外した。とたんに冷泉が身震いして、上目遣いになる。

「佑真さんは本当にすごいですね。あの閻羅王と話しても平気なんですもんね。俺は正直怖くて今でもガタガタ震えちゃいますね。さすが閻羅王の認めた料理人です」

冷泉に尊敬の眼差しで見つめられ、佑真はまんざらでもなくうなじを掻いた。

「皆、そう言うけど、あんなイケメンに怯えるとか俺からすると意味が分からないよ。そういえばこの前も……」

何かを言いかけて佑真は首をかしげた。今、冷泉と同じようなことを言われた記憶が蘇ったのだが、誰に言われたか思い出せない。

「ま、いいか。ちょっと運んでくる」

熱い湯を沸かした鉄瓶も台に載せ、佑真はワゴンを押した。厨房を出て、長い廊下をワゴンと共に移動する。

ここはかくりよの世界だ。佑真は人という身ながら、閻魔大王にスカウトされてここで料理人として働いている。両親はいない。小さい頃にかくりよに住むシュヤーマという閻魔大王の側近に拾われて、ずっとかくりよの世界で暮らしている。妖怪ばかりの世界だが、佑真には閻魔大王のくれた印というものがあって、どんな妖怪も佑真を傷つけることはできない。

もともと料理を作るのが趣味だった佑真は、ある日閻魔大王に献上した羊羹を気に入られて、そのまま閻魔大王の屋敷に住み込みで働くことになった。

閻魔大王はいつも仮面で顔を隠しているが、美しい佇まいで佑真を魅了している。佑真は自分の見た目が凡庸なのを自覚しているので、美しいものを見るのが好きだ。この世界ではもっぱら閻魔大王を拝むのが佑真の至福の時間だ。

閻魔大王の屋敷は気をつけないと時々異空間に繋がっている。佑真は閻魔大王の喜ぶ姿を想像して、笑顔で長い廊下を進んだ。奥にテラス席があって、閻魔大王は今の時間はそこにいる。閻魔大王は鳥を使って各地と連絡をとるので、テラス席で三時のおやつを楽しむのが通例だ。

「おや、佑真君」

今日は明るい日差しの中、テラス席には閻魔大王と龍我《りゅうが》がいた。龍我は銀縁眼鏡にすらりとした肢体の男で、閻魔大王の補佐をしている。一見人間に見えるが、実は龍の化身だ。

「今日は何を作った？」

書類を眺めていた閻魔大王が、佑真の存在に気づいてにこやかに尋ねてくる。相変わらず仮面をしているが、閻魔大王がそこにいるだけで十分イケメンオーラを楽しめる。

「はい。カステラを焼きました」

佑真はうきうきしながら閻魔大王と龍我の前に切り分けたカステラを置いた。それから鉄瓶で沸かした湯で淹れたジャスミンティーを湯飲み茶碗に注ぐ。

「いいね。楽しみにしていた」

閻魔大王が書類を横に置き、カステラを口に運ぶ。テラス席の向こうは桜の木が池を囲んでいる。かくりよの世界では季節感がおかしいらしく、今は初夏だというのに桜が満開だ。桜をバックにカステラを嗜《たしな》む閻魔大王はとても絵になっていた。カメラがあれば撮りたいものだが、あいにくとこの世界にカメラはない。人の世界にはあるらしいので、いつか遊びに行った妖怪に土産として買ってきてもらいたいものだ。閻魔大王の写真集を作りたいと言ったら、シャバラに血相を変えられたが、信者を自負している自分にとって毎日拝める絵巻物があったら、癒やしになるはずだ。

「美味」

閻魔大王はカステラをあっという間に食べ終わり、嬉しそうに言った。その一言で天にも昇る心地になり、この仕事に就けてよかったなぁとしみじみ感じた。それもこれも自分を拾ってくれたシュヤーマのおかげだ。父と呼ぶと嫌な顔をするが、もはや父にも似た存在だ。

シュヤーマは時々、聞く。自分と同じ存在がいるうつしよの世界に行きたくはないかと。

佑真はあまりうつしよに興味がなかった。ここで暮らすのが性に合っているし、何よりここには超絶美形の閻魔大王がいる。イケメンをいつでも拝めるこの環境が、佑真にとっては最高の場所だ。他の妖怪から話を聞くうつしよは、文明は発達しているが、どうしても引かれなかった。うつしよと聞くと、心がどんよりする。もしかしたら、生まれた時に何か嫌なことでもあったのかもしれない。自分には人間の両親がいるだろうが、子どもを捨てるような親だ。会うだけ無駄だろう。

人間であることでたまに妖怪から虐《いじ》められたりするが、閻魔大王の傍で働いていると知ると、皆態度を改める。何も問題はない。

「もう少し食べたいな。お茶のお代わりもおくれ」

閻魔大王に催促され、佑真はワゴンの上でカステラを切り分けた。龍我もいたくカステラを気に入ったようで、こちらも追加を頼まれた。この調子だとカステラ一本を一気に食べてしまいそうだ。

「今夜はどうなさいますか？」

佑真はそっと尋ねた。閻魔大王は本当は何も食べなくても、問題ない身体の作りをしている。実際、佑真が料理人になるまでは、月に一度か二度くらいしか食事をしなかったそうだ。

「今夜は麺類が食べたいな」

閻魔大王は口元を弛めて言う。

「承知しました。美味しいものを作りますね」

麺類とリクエストされて、頭の中にいろいろなメニューが思い浮かぶ。どんなものを作っても、閻魔大王は喜んで食べてくれるので作りがいがある。たまにシャバラとシュヤーマも「ご相伴に与《あずか》りたい」とやってくるので、一応多めに用意しておこう。

好きな料理を作り、敬愛する主人に振る舞う。それだけで佑真は幸せだが、もっと幸せになれる方法がある。

「あのぅ、閻魔大王」

新しく切り分けたカステラを前に置き、佑真は頬を赤らめてちらちらと視線を送った。閻魔大王が首をかしげる。

「今日はちょっとだけでも見せてくれないですか……？　心の栄養が……」

佑真はもじもじして、お茶を足した。

「ああ……」

閻魔大王が口元を手で覆い、笑い声を隠す。

すっと長くて綺麗な指が仮面にかかり、閻魔大王が素顔を見せてくれた。

「ふわああん！　閻魔大王最高です！　美しい！　ああっ、これでしばらく生きていけますっ」

数日ぶりに閻魔大王の素顔を見せてもらい、佑真は興奮して飛び上がった。閻魔大王の綺麗な瞳に見つめられると、雲の上を歩いているようだ。イケメンは正義だ。また仕事を、がんばれる。永遠に見ていたくて、両目をカッと開いて閻魔大王を凝視した。

「佑真君は変わっていますね。閻羅王の顔を何度も見ても平気なんて」

向かいに座っていた龍我は、目元を手で覆って苦笑する。佑真は閻魔大王の顔を見ると元気百倍だが、他の妖怪は気絶したり、気が触れたり、意識を乗っ取られたりと大変らしい。こんなに美しいものを見られないなんて、本当に可哀そうだと思う。

「はい。もう、ご褒美です」

佑真がうっとりして言うと、閻魔大王の手が伸びて、手が握られる。

「そんなに好きなら、夜伽《よとぎ》の相手をしてもよいぞ？」

魅惑的な微笑みで閻魔大王に囁かれ、佑真はすっと手を引いた。

「あ、いえ、そういうのはけっこうなんで」

さらりと断ると、龍我が目を見開く。閻魔大王の誘いをあっさり断ったので、びっくりしているのだろう。イケメンを拝むのは大好物だが、佑真はあくまで遠くから愛でているのが好きだ。別に恋愛対象としているわけではない。閻魔大王には似合いの美女と夜伽をしてほしい。

「ふふふ。手強いなぁ」

閻魔大王は気を悪くした様子もなく、面白そうに唇の端を吊り上げている。

「ところで、佑真。そのうち人間が使いでやってくるから、その時は人の好むものを出すように」

カステラを咀嚼し、閻魔大王が事務的に告げる。

「へぇ、珍しいですね。人間が来るなんて」

佑真は龍我のお茶を注ぎ、目を丸くした。閻魔大王に会いに来るなんて、噂に聞いた『七星荘』の者だろうか？　聞いた話によると、妖怪たちがこぞっていく秘湯があるそうだ。かなり僻地にあるし、そこはうつしよなのだが、『七星荘』で働く人には閻魔大王が妖怪に襲われない印を与えると聞いている。佑真にも与えてもらった印だ。閻魔大王は妖怪と関わる仕事を持つ人間には、この印を与えるらしい。

「ああ……。楽しみにしているがいい」

閻魔大王は意味深な笑みを向け、再び書類を手に取った。

お茶の時間が終わり、佑真は空になった皿を片づけて、一礼してワゴンと共に去った。

今日も閻魔大王は美しかった。閻魔大王以上に自分を惹きつける美形はきっとこの世にはいないだろう。

自分に何の疑問も抱かず、佑真は夕食は何を作ろうかと思いを馳せながら、廊下を進んだ。

こんにちは&はじめまして夜光花《やこうはな》です。

ありがたいことに『推しはα』の二冊目が出ました。このシリーズもうちょっと続きます。

ラブコメは書いていて楽しいですね！　前巻で結婚した二人ですが、今回は新婚旅行編ということで、わちゃわちゃしている感じを出してみました。

二冊目を書くなら絶対閻魔大王《えんまだいおう》を入れたいと思っていたので、非常に満足です。平凡を連呼していた佑真《ゆうま》ですが、しっかり主人公スキルを身につけていたのですね。このまま閻魔大王のところで働いているほうが充実した生活を送れそうな気もします。人間の世界では上手く生きられなかったけど、妖怪世界では意外と楽しくやっていけるという。空気が読めない主人公ですが、空気が読めないのが長所になったら逆に面白いなぁと思ってました。

それにしてもせっかくのオメガバースなのに、発情期シーンが書けなかったのが悔やまれます。次回ではぜひ入れたいですね。

大和《やまと》と都《みやこ》は趣味も生き方も真逆な二人ですが、愛の力でがんばってほしいです。

イラストは前作に引き続き、みずかねりょう先生に描いてもらえました。またみずかね先生の描くキャラたちに会えて嬉しいです。シリアス絵も素敵ですが、ちび絵も可愛くて、今回も期待大ですね。まだ見てないので、できあがりがとても楽しみです。お忙しいのに引き受けてくれて、ありがとうございます。

担当さま、いつも素早い返事にモチベーション上げてくれるようなお言葉ありがとうございます。またよろしくお願いします。

読んでくれる皆さま、感想などありましたらぜひ聞かせて下さい。

ではでは。また次の本で出会えるのを願って。

夜光花

CROSS NOVELS既刊好評発売中

明日はもう少し優しいキスにしましょう

悪役令息ですが
魔王の標的になりました

小中大豆

Illust みずかねりょう

断罪イベント直前のゲームに悪役令息として転生してしまったジョシュア。このままでは最悪の破滅エンドが待っている。今から折れるフラグはたった一つ。ジョシュアの天敵・魔王イーヴァル攻略ルート、聖獣救済イベントのみだった。なんとかケモミミ幼児に変化した聖獣を保護したものの、断罪イベントは強制発動。濡れ衣を着せられ投獄される寸前に救い出してくれたのは、ジョシュアを破滅させるはずの魔王・イーヴァルで──。

悪役令息が魔王様からまさかの溺愛フラグ!?

CROSS NOVELS既刊好評発売中

ぼくがベルサイユデビュー!?

転生したらベルサイユで求婚されました〜バニラケーキと溺愛の花嫁修業〜

華藤えれな

Illust 芦原モカ

おいしいケーキでみんなを笑顔に。そんなパティシエを目指していたのに、事件に遭い、なんとルイ王朝時代のフランスに転生した紗季。いきなり目の前に優雅な王子系イケメン。突然現れた紗季に何の疑念も示さず「助けて」と切なげに頼んでくる彼。他に選択肢もなく、うなずくしかない紗季。

いきなりドレスを着せられると「私の婚約者です」と王様の前で紹介され、ベルサイユデビューすることに。陰謀渦巻くロマンチックな宮廷で果たして現代っ子の紗季はやっていけるのか!?

CROSS NOVELS既刊好評発売中

仕上げに――噛むぞ

ベビーシッターは 溺愛アルファと天使に愛される

秀 香穂里

Illust 上原た壱

ブラック企業で働くオメガの凛は公園で寂しげな幼児・はるみを時折見かけるようになった。ある日膝を擦りむいたはるみの手当をしたことから懐かれ、彼の保護者であるアルファの芹沢と出会う。恋などしたことのなかった凛だけれど芹沢と目が合った瞬間から身体の奥底が甘くピリピリと刺激されてしまい――。初めての感覚に戸惑う凛に芹沢ははるみのベビーシッターになってほしいと求めてきて…!? 凛の人生は天使のようなはるみと蠱惑的なアルファ・芹沢に薔薇色に変えられる♥

CROSS NOVELS をお買い上げいただきありがとうございます。
この本を読んだご意見・ご感想をお寄せください。

〒110-8625 東京都台東区東上野 2-8-7　笠倉出版社
CROSS NOVELS 編集部
「夜光 花先生」係／「みずかねりょう先生」係

CROSS NOVELS

推しはα《アルファ》 2 新婚旅行は妖怪の里

著者
夜光　花

2021年7月23日　初版発行　検印廃止

発行者　笠倉伸夫
発行所　株式会社　笠倉出版社
〒110-8625　東京都台東区東上野 2-8-7　笠倉ビル
［営業］TEL　0120-984-164
FAX 03-4355-1109
［編集］TEL　03-4355-1103
FAX 03-5846-3493
http://www.kasakura.co.jp/
振替口座　00130-9-75686
印刷　株式会社　光邦
装丁　コガモデザイン
ISBN 978-4-7730-6096-6
Printed in Japan